회귀자 사용설명서

WISHBOOKS FANTASY STORY

회귀자 사용설명서 2

흙수저 판타지 장편소설

초판 1쇄 찍은 날 | 2018년 4월 3일
초판 1쇄 펴낸 날 | 2018년 4월 10일

지은이 | 흙수저
펴낸이 | 예경원

기획 | 위시북스
편집책임 | 이규재
편집 | 이즈플러스

펴낸곳 | 예원북스
등록번호 | 제396-2012-000132호
등록일자 | 2012. 7. 25
KFN | 제1-228호

주소 | 경기도 고양시 일산동구 호수로 646-24 위너스21 II 빌딩 206A호 (우)10401
전화 | 031-819-9431 팩스 | 031-817-9432
E-mail | yewonbooks@naver.com

ISBN 979-11-6098-879-6 04810
       979-11-6098-877-2 (set)

회귀자 사용설명서

2

흙수저 판타지 장편소설

WISHBOOKS FANTASY STORY

Wish Books

CONTENTS

6장
아이템

　박혜영의 일을 고백한 이후에 약간의 시간이 흘렀다.

　당연하지만, '정진호가 의심스럽다'라든지 '저 녀석이 살인자다'라는 따위의 말은 두 번 다시 꺼내지 않았다.

　녀석이 박혜영을 죽인 살인자라는 결론에 도달해야 하는 건 내가 아니라 김현성이었기 때문이다.

　나는 구태여 녀석을 납득시킬 필요도 없었고 설득할 필요도 없었다. 함정인 것 같다는 태도로만 일관하는 것만으로도 충분하다.

　'좋아.'

　지금 당장 정하얀이나 나를 의심하기보다는 의심하기 좋은 합리적인 상대가 있다.

미래에 가지게 될 악연 역시 김현성이 합리적인 결론에 도달하게 도움을 줄 것이다.

예상했던 대로 시간이 얼마 지나지 않아, 김현성은 조용히 시간을 보내는 경우가 많아졌다.

정진호들을 예의주시한다든가 혹은 조용히 우리를 바라본다든가 하는 것이다.

녀석이 무슨 생각을 하는지 알 것 같았던 나는 그런 녀석을 조용히 지켜볼 수밖에 없었다.

그게 더 도움이 될 테니까.

가끔 굉장히 차가운 표정을 보여줬을 때는 정진호를 어떻게 죽일지에 대해 고민하는 중이라고 생각했다.

'미래의 적, 미치광이 살인마, 박혜영을 죽인 범죄자.'

지금 김현성이 녀석을 제거하지 않을 이유는 단 하나도 없다. 아무리 놈이 부처님 수준의 자비심을 가지고 있다 하더라도 미래에 후환이 되는 것은 무조건 제거하고 싶으리라.

문제는 어떻게 제거하는가.

어떤 식으로 제거해야 하는가.

김현성의 입장에서는 최대한 빠르게 녀석을 처리하고 싶겠지만 고민할 수밖에 없을 것이다. 적당한 기회를 찾기 어려워 보이고 여러 가지 일이 맞물려 있으니까.

예를 들면 던전을 공략하는 문제 말이다.

"같이 내려가는 건 어떻습니까?"

"같이…… 말입니까?"

"네. 마침 하얀이도 마법사로 전직을 마친 참이고 진호 씨들도 들어와 줬으니 인원은 충분할 겁니다. 석우 씨도 직업을 구한 것 같고요. 조금 더 느긋하게 움직이고 싶기는 하지만 아무래도 식량이 점점 떨어져 가는 만큼 선택을 해야 할 때가 다가온 것 같습니다. 애초에 우리의 목적은 공략이었으니까요."

"으음."

"언제까지 이곳에서 시간을 보낼 수는 없습니다. 불안하더라도 시도는 해봐야 한다고 생각합니다."

아마 내가 던진 질문 때문에 머리가 조금은 아파올 것이다. 분열이 확정된 파티와 함께 던전 공략을 한다는 것은 고민할 수밖에 없는 이야기다.

사실 나는 대충 화두를 던져 준 것뿐.

선택은 오롯이 김현성의 몫이다.

녀석들과 함께 던전을 뚫어내고 그 이후의 일까지 책임질 자신이 있는지에 대해서는 녀석이 판단해야 한다.

만약 김현성 본인이 자신 있다고 한다면 상황은 꽤나 아름다워진다.

'던전 공략 그리고 박혜영을 죽인 가짜 살인자의 죽음.'

막말로 마검사 정진호를 골수까지 빨아먹을 수 있게 된다.

어차피 죽을 놈이라면 최대한 이용하는 것이 좋다.

"새로운 사람들과 다시 사냥을 나가는 것도 무리가 있습니다. 박혜영 씨 같은 일이 또 언제 벌어질지 알 수 없기도 하고요. 이렇게 계속 기다리는 것보다는 일단 한번 나가보는 것도 나쁘지 않을 것 같습니다. 식량도 식수도 이제는 부족합니다. 이곳에서 안주하면 결국에는 죽을 겁니다."

"……."

김현성은 꽤나 신중하다.

저런 모습을 보이는 것을 보면 조금은 위험할지도 모른다고 판단한 모양. 어쩌면 우리와 함께 다니면서 정진호를 처리하는 게 불가능하다고 생각했을지도 모른다.

다른 말로 화재를 돌리려고 했을 때 김현성이 천천히 입을 열었다.

"괜찮을 것 같군요."

"네?"

"괜찮을 것 같습니다. 지하로 내려가 보도록 하죠. 아마 준비해야 될 게 조금 있을 겁니다. 정진호 씨 일행과는 아직 한 번도 합을 맞춰 본 적이 없는 만큼 파티는 2개로 돌려 같이 가는 것이 좋겠군요."

"네. 저도 같은 생각입니다."

살인마한테 등을 맡기기는 싫다.

김현성도 마찬가지일 것이다.

"진호 씨에게는 제가 말을 꺼내겠습니다. 기영 씨는 하얀 씨와 덕구 씨에게……."

"네."

"아니, 이럴 게 아니라 하얀 씨와 덕구 씨를 불러주시겠습니까?"

"네. 알겠습니다."

뭔가 할 말이 있는 모양.

어쩌면 꽤나 기분 좋은 소식이 있을 거라는 생각을 하며 슬쩍 발걸음을 옮겼다.

아마 박덕구와 정하얀은 각자의 시간을 보내고 있을 것이다.

조금씩 걷자 평소와 같은 주변의 풍경이 시야에 들어온다. 최근에 쉼터에서 볼 수 없었던 아주 훈훈한 광경이다.

"감사합니다, 진호 씨."

"고마워요, 진호 형."

"아닙니다. 모두 돕고 살아야지요."

패배자들과 함께 벽돌을 쌓고 있는 정진호 무리.

이제는 아무런 의미도 없어진 작업. 그저 자신들의 불안감을 해소시키기 위한 테트리스였다.

"뭔가 도움이 필요한 일이 있다면 언제든지 말씀하셔도 됩니다."

"밖에 나가 식량을 구해주시기까지 하는데 이 정도는 저희가 해야죠. 진호 형은 조금 쉬세요. 그게 더 좋을 거예요."

"아닙니다. 이 정도는 도와드릴 수 있습니다. 크게 힘이 드는 일도 아니고 함께 하고 모두 함께 쉬는 게 더 좋지 않겠습니까."

'웃기는 소리.'

하하호호 즐거운 한때를 보내고 계시고 있는 모습을 보니 기가 차서 말이 나오지 않을 지경이다.

'멍청한 놈들.'

아무런 목적 없이 호의를 보내는 사람은 없다. 어쩌면 김현성이 저들을 돕는 이유 역시 단순한 자기만족에서 우러나오는 동정일지도 모른다.

그나마 김현성은 상황이 조금 나은 편.

내가 보기에 정진호가 원하는 것은 지금 함께 웃고 떠들고 있는 이들의 목이다.

덕분에 박덕구와 내가 독립적으로 움직이겠다는 것을 표현했을 때부터 쏟아지던 안 좋은 시선들이 이제는 좀 더 노골적으로 변했다.

정진호들과 우리를 비교하고 있는 것이다.

'너희는 왜 놀고 있느냐.'

그렇게 물어보고 있는 것 같다.

정진호는 식량을 나누는 것은 물론 잡일도 함께한다. 우리 몫을 아득바득 지키고 있는 나와는 다르다.

저들이 정진호 무리와 우리를 비교하는 것도 무리는 아닌 상황.

나와 박덕구 그리고 정하얀의 입지가 줄어드는 것 같기는 했지만 구태여 녀석을 따라할 필요는 없다고 생각했다.

사람들을 움직이고 컨트롤할 수 있는 힘은 저딴 서민 코스프레에서 나오는 게 아니다.

가까이에 있지 않은 권위.

그게 저런 종류의 사람들을 움직이게 한다.

'애초에.'

놈도 저것이 의미 없는 행동이라는 것을 알고 있을 것이다. 그럼에도 저런 모습을 보이니 의아할 수밖에 없었다.

사이코패스 살인마 정진호가 아직까지는 범죄를 저지르기 전이고 성향을 억누르며 최대한 착하게 살려고 하는 것에 내가 고춧가루를 뿌린 것은 아닌지 걱정되기는 했지만…….

주사위는 이미 던져졌다.

"이것도 함께 드시죠."

"아! 석우 오빠, 고마워요."

최근 놈들과 같이 다니며 직업을 구해 의기양양해진 유석우도 시야에 들어온다.

정진호 일행에게 걸어보기로 결심한 모양.

가끔 굉장히 불안한 표정을 짓기도 했지만 어찌됐든 놈은 원하는 것을 얻었다.

'직업.'

그리고 이 보잘 것 없는 쉼터 내에서의 위치.

멀찍이서 노동의 참 가치를 느끼고 있는 이들에게서 고개를 돌릴 수밖에 없다. 보기 싫은 훈훈한 장면이기도 했고 저런 아름다운 장면은 왠지 모르게 심사를 뒤틀리게 한다.

조금 더 걸어가니 정하얀과 박덕구가 눈에 들어왔다.

"하얀아."

"아. 오. 오빠."

인기척을 드러내자 간단한 마법을 시험하고 있던 정하얀이 정신없이 달려와 내 소매를 살짝 움켜쥐었다.

박덕구는 그 모습을 보며 흐뭇한 미소를 짓는 중.

"오늘도 새로운 주문이야?"

"네? 네."

"대단하네."

"아니에요. 저, 전부 오빠 덕분이에요."

아직 사귄다거나 혹은 그에 준하는 관계가 아니기에 스킨십을 자제하고 있지만 쉼터 안에 있는 이들은 나와 정하얀의 관계를 기성사실로 받아들인 듯하다.

그것을 알고 있는 건지 최근 정하얀이 은근슬쩍 손을 잡거나 가까이 다가오는 일이 잦아졌다.

특히나 며칠 전 갑자기 전직한 것 같다며 조심스레 입을 열어온 이후에는 더욱더 그랬다.

이쪽이 그다지 거부 반응을 보이지 않자 용기를 얻은 느낌.

물론 모두가 자고 있다고 판단되는 시간에 보여주는 모습도 여전했다.

간혹 깜짝깜짝 잠에서 깰 때마다 심장이 벌렁거릴 때가 많다. 정하얀이 점점 더 대담해지고 있었기 때문이다.

일이야 어찌됐든 박덕구가 아니었다면 전보다 더 가까워지지는 않았을 것이다.

"김현성, 그 형씨한테 간다고 하지 않았소? 조금 빨리 온 것 같은데. 이야기는 잘된 거요?"

"막 다녀오는 참이다. 아무래도 우리에게 볼일이 있는 것 같은데…… 시간 되지?"

"남아도는 게 시간이요, 형님."

"물론이에요. 호, 혹시 무슨 일인지 물어봐도 될까요?"

"물론. 아마도 조만간 지하로 내려갈 것 같아."

"드디어 내려가는 거요?"

"이야기 도중이지만 진호 씨들과 함께 움직이게 될 것 같다."

"으음. 별로 느낌이 좋지는 않은 형씨들인데……."

"나도 마찬가지야. 그래도 당장 공략이 중요하니 어쩔 수 없다고 생각하는 거겠지. 현성 씨 마음도 이해는 간다. 슬슬 버티는 것도 한계니까."

　"그나저나 이 던전, 공략이 가능하긴 한 거요?"

　"아마 그럴 거다."

　김현성은 확실히 이곳을 공략할 수 있을 거라고 생각하고 있다.

　"굳이 말하지 않아도 알겠지만 정진호 무리와는 거리를 두는 게 좋을 거야. 물론 겉으로는……."

　"큼. 너무 걱정하지 마쇼."

　"하얀이도 마찬가지야."

　"네. 아, 알겠어요, 오빠. 말도 안 섞을 거예요."

　말 정도는 섞으라고 이야기하고 싶다.

　박덕구야 조금 낫지만 정하얀 같은 경우에는 언제 터질지 모르는 폭탄이니만큼 지속적이고 세심한 관리와 정신 교육이 필요하다.

　만일 박혜영 때처럼 돌발 행동을 한다면 이번에는 나도 어떻게 해줄 수가 없다.

　"유석우는 너무 신경 쓰지 말고."

　"시, 신경 쓰지 않는 걸요."

　"그렇다면 다행이네."

박덕구를 선두로 천천히 길을 걸어 나가니 다시 한번 시선이 내려와 꽂힌다. 노동의 참 가치를 깨달아가는 인간들과 정진호가 묘한 표정으로 우리를 바라보고 있다.

딱히 부담스러워 할 필요는 없다고 생각했다.

아무렇지도 않게 행동하면 된다.

아직 무슨 일이 터진 것도 아니고 김현성과 회의를 하러가는 것뿐이니까.

"……."

가볍게 놈의 눈빛을 무시하고 김현성이 있는 곳으로 향하기 시작했다. 이윽고 자신의 가방 안에서 뭔가를 주섬주섬 꺼내는 놈의 모습을 확인할 수 있었다.

'…….'

기분이 꽤나 좋아진다.

상태창을 둘러볼 때마다 항상 신경 쓰였던 장비창.

언젠가는 아이템과 같이 여러 가지 능력치가 붙은 장비를 보거나 착용할 수 있을 거라고 생각했지만, 그 기회가 생각보다 빨리 왔다.

지하로 내려가기 전에 필요한 스펙 업.

놈의 불안감을 해소시키기 위한 작업일 것이다. 던전 공략 때문이라고 보는 것보다는 정진호들과의 싸움에서 이기기 위해서인 것이 분명.

김현성은 우리 셋을 키우려고 하고 있다.

혹시 모를 사고를 대비하기 위해.

"드릴 것이 있습니다."

"뭐 맛있는 거라도 숨겨 놨소? 표정이 꼭 쌈짓돈 꺼내주는 우리 할매 같은 표정이요. 형씨."

'이 돼지는…….'

표현을 해도 꼭 이런 식으로 해야 되는지 알 수 없다.

김현성도 조금은 황당했는지 피식 웃으며 말을 이었다.

"아이템입니다."

설마가 확신이 되는 상황.

기분 좋게 입꼬리가 올라갔다. 눈에 띄는 검이나 창, 방패 같은 아이템은 아니다.

놈이 가방에서 꺼낸 것은 팔찌 하나와 반지 두 개. 투박해 보이지만 신비한 마력이 느껴졌다.

'고맙다, 현성아.'

지하로 함께 내려가는 보험이 있을 거라고는 생각했지만 내 생각보다 훨씬 과하다.

"아이템이라고 말씀하셨습니까?"

"네. 아이템입니다."

"이런 건 어디서 구하셨소?"

"말씀은 아직 안 드렸습니다만 사실 그 사건이 일어난 직후에 우연치 않게 상자를 발견했습니다."

"상자?"

"보물 상자라고 부르는 편이 적절하겠군요. 마치 옛날에나 사용할 것 같은 나무 상자였습니다."

"거, 여기는 정말 별게 다 있는 모양이요. 형님, 그렇지 않소?"

진위여부는 확인할 수 없지만 던전이라고 불렀으니 아마도 저런 아이템이 들어 있는 보물 상자가 있을 만도 하다.

개인적으로는 김현성 개인이 보유하고 있는 아이템이 아닐지에 대한 가능성을 떠올리고 있기는 했지만 굳이 꼬투리를 잡을 이유는 없다.

지금은 김현성이 우리에게 주는 선물이 뭔지, 나는 무엇을 받을 수 있는지가 중요하다.

"신기하군요. 만약에 이런 상자들이 주변에 더 있었다면 찾아볼 수 있었을 텐데. 아마 던전 전체에 퍼져 있는 상자의 숫자가 한정적인 모양입니다. 어쩌면 현성 씨가 찾은 상자가 처음이자 마지막일 수도 있겠군요. 어쩌면 지하에도 비슷한 게 있을 수도……."

"예. 그 말이 맞을 겁니다, 기영 씨. 저도 이쪽 주변을 전부 둘러보기는 했지만 상자를 발견한 건 저번이 처음이었습니다. 조금 더 멀리까지는 가보진 못했지만……. 아무튼 한번 보시죠."

"네."

그러지 않아도 둘러볼 생각이다.

굳이 마음의 눈을 발동시킬 필요도 없었다. 손으로 녀석들을 들어 올리자 곧바로 정보들이 쏟아졌으니까.

아이템의 자세한 능력치도 나만 확인할 수 있었으면 좋았을 텐데, 따위의 생각을 하기는 했지만 아쉬움도 잠시였다.

[무쇠 드워프의 강철 팔찌─일반 등급]

[이제는 몰락한 무쇠 드워프 종족이 만들어낸 장신구입니다. 투박한 겉모습과는 다르게 굉장히 기술적인 세공이 들어간 팔찌입니다. 체력과 내구력, 힘이 각각 1 올라갑니다.]

팔찌의 주인은 이미 정해져 있다.

박덕구 역시 조금 관심을 가지고 있는 것을 보면 좋아 보이기는 한 모양.

올려주는 스탯은 총 3으로 직업을 얻을 때 받을 수 있는 스탯과 일치한다.

이 정도가 일반 등급의 아이템.

아마 영웅, 또는 그 이상 가는 전설급 장비는 내가 상상하기 어려운 기능을 가지고 있을 거라고 생각했다.

"오오오."

할머니가 꺼내는 쌈짓돈을 받을 때의 표정이다.

문제는 바로 다음.

[마력 방패의 반지-희귀 등급]

[어디에서 만들어졌는지는 확인되지 않았습니다. 아주 오래된 물건입니다. 하루에 두 번 반지에 저장되어 있는 마력으로 마력 방패를 만들어낼 수 있는 장신구입니다. 사용자가 직접 마력을 충전해야 합니다. (2/2)]

[신성한 치유-희귀 등급]

[어디에서 만들어졌는지는 확인되지 않았습니다. 하급 신성 마법, 치유가 내장되어 있는 반지입니다. 하루 한 번 사용이 가능합니다. (1/1)]

나머지 두 개의 반지는 희귀 등급의 반지.

확인하는 즉시 나도 모르게 눈을 크게 떴다.

'개 좋네.'

김현성을 따라다니다 보면 뭔가 콩고물을 얻어먹을 수 있다고 생각은 했지만 벌써부터 이런 맛있는 음식을 먹을 수 있을 거라고는 상상도 못 했다.

무려 희귀 등급의 반지다.

기능 역시 이쪽이 당황할 정도로 마음에 든다.

박덕구의 것처럼 스탯을 올려주지는 않았지만 녀석의 것보다 훨씬 가치 있다.

예를 들어 마력 방패의 반지. 마력 방패를 외우기 위해서 잡아먹는 마력이 4 정도가 들어간다고 가정했을 때, 이 방패는 8스탯 정도의 효율을 얻는다.

+3의 효율을 얻을 수 있는 일반 등급의 아이템과는 비교도 할 수 없다.

'좋아.'

신성한 치유 역시 마찬가지.

같은 희귀 등급인 것을 보니 이 녀석 역시 적어도 +6 이상의 스탯 효율을 보여주리라.

하루에 두 번 몸을 지킬 수 있는 보험과 상처를 회복할 수 있는 보험. 지하로 내려가기 위해 김현성이 선택한 것은 혹시 모를 사고를 대비할 수 있는 아이템이었다.

'그렇지. 준비는 확실해야지.'

슬쩍 고개를 끄덕이고 있었을 때 팔찌를 천천히 만지작거렸다.

"귀한 것 같은데…… 정말 가져도 되는 거요?"

"신경 쓰지 않으셔도 됩니다."

"큼. 그, 그렇다면 팔찌는 내가 가지는 것이 맞겠지. 고맙게

쓰겠소, 형씨. 이쪽은 해준 것도 없는데 괜스레 미안하구만."

"아닙니다."

"은혜는 꼭 갚지."

"마음만으로도 고맙습니다."

팔찌의 주인은 정해졌지만 문제는 나머지 두 개의 반지.

사실 뭘 가져도 나쁠 것 같지 않지만 여차하면 몸을 지킬 수 있는 방패가 조금 더 끌린다.

만약 정하얀이 신성한 치유를 착용한다고 해도 내장되어 있는 신성 마법을 나에게 사용할 확률이 높을 것 같았기 때문이다.

'확실하겠지.'

쓰레기 같은 생각이기는 하지만 어쩔 수가 없다.

여러 가지 마법을 펑펑 써댈 수 있는 저쪽과는 다르게 나는 어떤 주문이든 두 번 사용하면 탈진 상태에 이르니까.

머리를 조금 굴리고 있을 때 먼저 입을 연 것은 정하얀이었다.

"저, 저는 이걸로 할게요."

그녀가 선택한 것은 신성한 치유.

내 눈치를 본 건지는 모르겠지만 확실히 이쪽의 의도대로 움직여 줬다.

"그럼 저는 남은 것으로 하겠습니다."

입꼬리가 계속해서 올라간다.

기분이 좋지 않은 것이 이상한 상황이다.

하루 두 번 목숨을 건질 수 있는 보험이 넝쿨째 굴러들어왔다. 그 어떤 노력도 하지 않고 그 어떤 리스크도 감수하지 않은 채로 희귀 등급에 아이템을 손에 넣은 것이다.

'이거지!'

"그렇지만 저희가 정말로 이런 걸 받아도 되는지……."

"괜찮습니다. 저도 하나 가지고 있기도 하고. 특별한 능력치가 붙은 장신구의 경우에는 착용할 수 있는 숫자가 제한되어 있는 것 같더군요. 아니, 착용은 가능하지만 뭔가 제한이 걸려 있는 것 같았습니다."

좋은 정보도 받아간다.

"두 개의 반지를 착용해도 능력이 발동되는 반지는 하나라는 말씀이십니까?"

"네. 그렇습니다."

나중에 천천히 실험을 해볼 필요가 있다고 생각했다.

나는 살짝 웃으며 다시 한번 감사의 뜻을 표했다.

"정말로 고맙습니다, 현성 씨. 덕구 말대로 저희가 뭔가 해드린 것도 없는데……."

"고, 고마워요. 현성 씨."

"아닙니다. 기영 씨 그리고 하얀 씨. 크게 신경 쓰지 않으셔도 됩니다. 우리는 동료니까요."

입가에 미소가 걸려 있다.

아마도 이쪽에 빚을 얹어줬다고 생각하는 모양. 정말로 고마워하는 나와 박덕구 그리고 정하얀의 표정을 본 것 같았다. 우리가 자신에게 확실한 신뢰를 보내고 있다고 생각하고 있는 것이다.

그걸 보고 조금 더 확신할 수 있었다. 정확히 말하자면 마지막 대사에서 확신을 얻었다.

'함께 갈 생각이다.'

우리는 동료니까.

김현성은 나와 박덕구 정하얀과 함께 갈 생각이다. 애초에 정하얀 같은 경우는 김현성이 무조건 포섭하려던 인재였을 터다.

미래가 확정되어 있는 마법사.

애지중지 키워 끈을 만들어 놓는 것이 합리적이라고 생각했을지도 모른다.

박덕구의 경우에도 나쁘지 않다.

게임에서의 이야기일 뿐이지만 든든한 탱커는 언제나 필요한 법이다. 지금까지 사냥에서 보여준 판단력과 안정감, 잠재 능력은 정하얀이나 정진호에 비해 밀린다고 할 수 있지만 지금 당장의 스탯이 좋다.

박덕구의 성장 한계치는 김현성이나 정진호, 정하얀 같은 진짜 괴물들에게는 밀린다고 할 수 있지만 충분히 제 몫을 해 줄 거라고 생각하는 것이다.

나 같은 경우가 사실 조금 애매하다.

어떻게 보면 현 김현성 사단에 꼽사리로 들어갔다고 해도 과언이 아니다.

박덕구와 정하얀과 친분을 가지고 있다는 것. 박덕구에게 는 믿을 수 있는 형님이란 포지션. 정하얀에게는 연인과 비슷 할 정도로 친밀한 포지션이다.

박덕구와 정하얀을 끌고 가려면 나 역시 포함할 수밖에 없다.

사냥에서 실수하지 않는다는 정도와 생각보다 머리가 잘 돌아간다는 점은 점수를 받을 수야 있겠지만 나 정도 되는 이 들은 대륙에 널려 있다.

아마 차근히 이쪽을 키워 앞으로 더욱더 커질 김현성 왕국 에 행정요원으로 사용해 줄지도 모른다.

물론 이지혜처럼 뱁새처럼 살아도 나쁘지는 않겠지만 스스 로를 확실히 지키기 위해서는 가끔 가랑이가 찢어져야 할 필 요도 있다.

'따라가기 벅차겠지만.'

아득바득 따라가서 야금야금 이득을 챙겨야 한다고 생각

했다.

나는 슬쩍 입꼬리를 올리며 입을 열었다.

"그렇습니다. 동료지요."

우리는 서로를 지켜주고 아껴주는 동료다.

조금 더 단단해진 느낌.

기분이 좋지 않을 이유가 하나도 없다.

"멋진 울림입니다, 형님. 크으……. 동료! 아, 그래서 지하로는 언제 내려가는 거요?"

"아마 조만간이 되지 않을까 생각합니다. 진호 씨들에게는 아직 말하지 않았지만…… 아마 그쪽도 내심 공동 사냥을 바라고 있을 겁니다."

"음. 안 그래도 같이 사냥을 나가자고 물어왔던 적이 있기는 있었소. 형님이 나가지 말라고 말해서 거절하기는 했지만."

"잘하셨습니다."

김현성이 다시 한번 나를 바라본다.

새로 들어온 집단에 대한 적당한 경계. 기본적인 것이지만 이런 포지션을 잡아주는 게 고맙다고 생각한 모양이다.

"저희끼리 이야기입니다만…… 그쪽은 썩 느낌이 조금 좋지는 않습니다."

"거, 우리 형님과 똑같은 소리를 하는 걸 보니 똑똑한 양반들은 확실히 다르긴 다른 모양이요. 사실 나도 그런 느낌을 받았다오.”

“함께 사냥을 하고 던전을 공략하더라도 어느 정도 경계는 해야겠지. 무슨 일이 일어날지 모르는 만큼 주의하는 게 맞아. 박혜영 같은 일이 또 벌어질 수도 있으니 이번에는 조금 더 조심하자는 소리다.”

“무, 무슨 말인지 알겠어요.”

내 말에 정하얀뿐만 아니라 김현성 녀석 역시 고개를 끄덕였다.

“기영 씨 말씀이 맞습니다. 조금 더 과장해서 이야기하자면…….”

“네.”

“적과 함께 싸운다는 생각으로 임해주셨으면 합니다.”

모두들 고개를 끄덕였다.

“적…… 말이요?”

“네.”

김현성은 무대 위로 오르기로 마음을 먹었다.

“지금은 그렇게 마음에 두지 않으셔도 됩니다. 그래도 나름의 준비는 하는 것이 좋을 것 같습니다. 사람 이전에 당장 지하에서도 무슨 일이 일어날지 모르니까요.”

“1층보다는 수준이 높다고 가정하는 게 맞겠지.”

“네. 그렇습니다. 이럴 게 아니라 진호 씨에게는 제가 지금 말씀을 드리도록 하죠. 시간만 된다면 최대한 빠르게 떠나는 걸로 하겠습니다."

"그렇게 빨리 말이요?"

"준비는 지하로 가는 중에도 할 수 있으니까요."

"아. 그렇구만."

정진호도 거절하지 않을 것이다.

놈들의 목적이 이곳에서 살아남는 것일 경우에도 그렇고 자신들의 은밀한 취미 활동을 즐기기에도 그렇다. 목적이 무엇이든 함께 나가는 것이 유리하다.

녀석은 김현성과 자신의 수준 차이를 어느 정도 인지하고 있다. 그렇기 때문에 움츠리고 있는 것이다.

본래 불리하다고 생각되는 싸움에서 가장 중요한 것이 변수.

던전 공략 원정은 놈이 바라는 변수를 만들어줄 가능성이 높다. 김현성만 제거하면 자신의 세상이 펼쳐질지도 모르는 상황.

놈이 정말 살인마라면 이 쉼터는 놈에게 있어서 가장 행복한 장소이니만큼 도박을 해올 가능성이 높다.

내가 놈의 입장이었다면 무슨 수를 써서라도 김현성과 우리들을 죽이고 싶을 것이다.

놈에게나 김현성에게나 좋은 기회.

자꾸만 기분 좋은 미소가 입에 걸린다.

어차피 뒈질 놈.

골수까지 빨아 먹는 게 옳은 선택이다.

7장
퀘스트

"버티기 빠듯하겠네요."

"생각보다 많이 남기지 않았어?"

"돌아오지 못했을 경우도 생각해야 되잖아요?"

"재수 없는 소리 마. 그런 경우는 없으니까."

"물론 나는 우리 현성 오빠와 기영 오빠를 믿지만…… 사람 일은 어떻게 될지 모르는 거니까요. 그나저나 하얀 씨가 여기 계속 보고 있는 것 같은데 괜찮은 거 맞죠?"

살짝 뒤를 돌아보니 조금 담담한 표정의 정하얀이 시야에 비쳤다. 박혜영 때처럼 격정적인 반응을 일으키는 건 아니었지만 무슨 생각을 하는 건지 궁금하게 만드는 표정이다.

혹시라도 딴 생각을 하는 게 아닌가 싶어 걱정되기는 했지만 이 정도는 안정권이라고 볼 수 있다.

단순히 대화를 나누는 것 정도는 괜찮을 것이다.

신체적인 접촉을 동반한 대화였다면 상황이 조금은 달라질 수도 있겠지만 꽤나 거리를 두고 이야기하는 모습은 누가 봐도 친밀해 보이지는 않을 것이다.

살짝 가방을 넘기자 다시 한번 이지혜가 입을 열었다.

"조금 큰 결심을 하셨네요."

"뭐가."

"도박은 싫어하는 타입인 줄 알았는데."

"싫어해."

"그럼?"

"이기는 게임에 주사위를 던지지 않을 정도로 바보는 아니야."

모든 변수를 가정해도 이쪽의 승률은 압도적으로 높다.

던전에 대한 정보, 전체적인 파티원의 스펙, 회귀자의 존재.

질 가능성 따위는 없다.

물론 그것 이외에도 생각해 볼 것이 많기는 하지만 아득바득 콩고물을 빨아먹어야 하는 내게 있어서 이런 기회는 흔하지 않다.

위기를 함께 헤쳐 나가는 동료의 유대.

그리고…….

'던전 공략의 보상.'

분명히 있다.

김현성이 발견했다고 말한 상자 역시 분명, 그런 종류일 거라고 생각했다.

내 목소리를 듣고 잠깐 동안 입을 다물었던 이지혜가 살짝 웃으며 말을 이었다.

"나는 그래서 당신이 좋더라."

"쓸데없는 소리."

"아무튼 다녀와요, 기영 오빠."

"알겠어, 누나."

역시나 표정이 구겨진다. 겉모습으로는 동안임에도 불구하고 나이에 대해서는 제법 신경 쓰이는 모양.

아무래도 그녀는 어린 여자가 살아남기 더 유리하다고 생각하는 것 같았다.

천천히 발걸음을 옮기니 정하얀이 재빠르게 이쪽으로 다가와 황급히 소매를 잡았다. 아무 말도 해오지 않았지만 불안했던 모양이다.

박덕구는 너털웃음을 터뜨렸고 김현성은 그저 고개를 끄덕이는 중.

정진호와 유석우를 포함한 두 똘마니는 조용히 나를 기다린다.

"출발하도록 하겠습니다."

"네."

인원은 총 8명.

많다고 하면 많다고 할 수 있는 인원이다.

이쪽이 4명, 저쪽이 4명이다.

저쪽은 정진호를 중심으로 한 파티라고 한다면 이쪽은 김현성을 중심으로 한 파티.

함께 걸어가고는 있지만 미묘한 거리는 있다. 대화 소리는 많이 들리지 않았다. 기껏해야 나와 정진호가 이야기를 나누는 게 전부. 그 외에는 끼리끼리 떠들거나 혹은 각자만의 시간을 보냈다.

"그건 그렇고 정말로 많이 돌아다니신 모양이군요. 저희는 새로운 입구가 있을 거라고는 생각도 못 했습니다."

"우연치 않게 발견하게 됐습니다. 스타트 포인트에서 들으셨겠지만 이곳을 빠져나가는 조건은 생존 그리고 공략입니다. 기간이 얼마나 걸릴지 알 수 없는 만큼 전자에 기대를 거는 건 멍청한 짓이라고 생각해서…… 최대한 공략해 보기로 마음을 먹었었죠."

"아."

"어쩌면 생존 기간은 타인이 던전 공략을 성공할 때까지일지도 모릅니다."

"그것까지는 생각해 보지 않았는데……."

"어디까지나 추측입니다."

"만약 정말 그렇게 된다고 한다면 저희가 던전 공략을 해야 쉽터에 있는 분들도 이곳을 빠져나갈 수 있다는 게 되는 겁니까?"

"그렇게도 생각해 볼 수 있겠죠. 뭐, 방법이야 어떻게 됐든 이 던전을 공략하는 것이 가장 합리적인 선택이라는 것에는 변함이 없을 겁니다. 아무튼 제안에 동의해 준 것에 대해서는 정말로 감사드립니다."

"아니요. 피차 이곳을 빠져나가고 싶은 건 마찬가지니까요. 사실 이런 기회를 만들어 주신 것에 대해 감사드리고 싶은 심정입니다. 저희도 언제 끝날지 모르는 이 상황이 조금 불안했던 터라……."

싱긋 웃고 있는 놈의 모습은 정말로 사람 좋아 보인다.

왠지 모르게 경계심을 풀게 하는 미소였지만 놈의 성향을 알고 있는 내가 경계심을 풀 리가 없다.

오히려 이쪽이 저쪽의 경계심을 풀어줘야 되는 상황.

쓸데없는 이야기를 나누는 것만으로도 도움이 꽤나 많이 된다.

지구에서의 이야기, 던전에 대한 이야기나 스타트 포인트에서 들려왔던 여자의 이야기들을 하며 발걸음을 옮기자 이번에는 제법 당황스러운 주제가 튀어나왔다.

"그러고 보니 기영 씨는 하얀 씨와 자주 함께 계신 것 같더군요. 혹시 두 분이……."

지금까지는 누구도 물어보지 않았던 이야기였다.

조금 당황할 수밖에 없었다.

슬쩍 주위를 둘러보며 사람들의 시선을 살핀다.

박덕구나 김현성이나 귀를 기울이는 것 같은 눈치. 정하얀에게 한 번 추파를 던진 적이 있는 유석우는 대놓고 이쪽을 바라보았다.

정하얀 같은 경우는 고개를 푹 숙이고 내 소매를 꽈악 잡아당기는 중이다.

내가 뭐라고 할지 무척이나 궁금한 모양이다.

'이러지 마.'

뇌가 근육으로 꽉 찬 돼지뿐만이 아니라 미치광인 살인마 새끼도 이 설계에 동참하려고 하고 있다.

'좋은 오빠 동생 사이?'

이건 기각.

'발전하고 있는 관계?'

이것도 아니다.

어떻게 생각해도 열애설에 휩싸인 연예인의 변명으로밖에 안 보인다.

어차피 정하얀과는 필연적으로 지금보다 더 가까워져야 하는 관계다. 조금 고민했지만 뭐라고 대답해야 할지 결론을 내리기까지 그리 오래 걸리지 않았다.

나는 소매를 움켜쥐고 있는 정하얀의 손을 잡으며 입을 열었다.

"아직은 딱히 뭐라고 정의할 수는 없지만…… 아마 생각하시는 게 맞을 겁니다."

"오오오."

입이 찢어져 있는 박덕구의 얼굴.

김현성 역시 고개를 끄덕였다.

녀석 같은 경우에는 내 존재가 정하얀에게 도움이 된다고 생각하고 있는 것 같았다.

재미있었던 것은 정하얀의 반응. 무척이나 붉어진 얼굴로 땅을 바라보고 있었지만 내 손을 잡은 손에 힘이 들어가 있다.

'슈바. 아파.'

얼마나 강하게 잡아대는지 내 미약한 내구가 버티지 못할 정도.

여러 가지 선택지를 생각해 봤지만 역시나 이게 정답이다.

굳이 뭐라고 정의할 수 없다고 말한 이유는 내가 아직 정하얀에게 마음을 전하지 않은 데 있다. 지금 도장을 찍어도 별 상관이 없을 것 같기는 하지만 그녀와 나는 조금 더 기억에 남는 방식으로 이어져야 한다.

지금처럼 떠밀리는 방식이 아니라 이쪽의 진심을 제대로 전하는 게 더 효과적일 것이다.

다시 한번 고개를 돌리자 히죽거리는 입꼬리가 볼까지 올라와 있는 정하얀의 얼굴이 보였다.

이쪽은 조금 소름이 끼쳤지만 그 모습을 보고 있는 유석우는 심사가 뒤틀리는지 괜스레 인상을 구기고 있다.

정하얀과의 관계에 가장 크게 공허한 인물이 두 명이 있다면 박덕구를 제외한 한 명은 저 녀석.

이쪽에 악감정을 가지고 있을 거라고 생각은 했지만 자신의 감정을 숨기는 것에는 서툰 모양이다.

이번 원정의 쓰레기는 놈일 확률이 높다고 생각하며 나는 괜스레 정하얀의 머리를 한 번 더 쓰다듬었다.

유석우 쪽으로 시선을 돌리며 말이다.

여러 가지 이야기를 나누며 파티는 계속해서 길을 걷기 시작했다.

정진호의 똘마니들 중 하나인 궁수는 직업 효과 덕분인지 길을 읽는 능력이나 괴물의 기척을 발견하는 것에 능했지만 굳이 괴물을 피해 다닐 이유는 없었다.

정진호는 자신의 힘을 숨기고 있는 것 같았지만 이곳에 있는 괴물을 상대하는 데는 별 무리가 없었고, 이미 익숙해진 다른 이들 역시 마찬가지였기 때문.

조금 의외였던 것은 유석우 역시 적응이 빨랐다는 것.

박혜영 같은 모습을 보여줄 것이라고 생각한 것과는 반대로 제법 침착하게 검을 놀렸다.

다른 이들의 수준도 결코 나쁘지 않다.

모두가 정진호 정도는 아니었지만 자신의 역할을 잘해내고 있는 모습에 이쯤 되면 이 파티가 꽤나 이상적인 건 아닐까 하는 생각이 들 정도였다.

'빠르고 안전해.'

나와 김현성, 박덕구, 정하얀, 박혜영이 움직일 때와는 차원이 다르다고 말할 수 있을 정도다.

정진호와 김현성이 혹시 모를 변수에 대비하고 박덕구가 길을 막는다.

나와 정하얀은 후방 지원을 할 뿐이었지만 궁수나 정진호의 똘마니는 이쪽보다 괜찮은 솜씨다.

왠지 모르게 조금 아쉬워지는 것이 사실.

특히나 정진호의 경우가 그랬다.

검 한 자루를 사용하는 김현성과는 반대로 왼쪽 팔에 착용한 작은 방패로 상대방을 견제한다. 저기에 마법까지 사용할수 있다고 가정한다면 조금 더 놀랄 것이다.

놈이 박덕구와 나, 정하얀을 별로 염두에 두지 않았던 것도납득할 수 있다.

놈은 분명히 강하다.

박덕구와 김현성, 정하얀에게 불만을 가지고 있는 건 아니었지만 만약 정진호라는 패를 단기가 아닌 장기적으로 사용할 수 있었다면 꽤나 만족스러웠을 것이다.

"강하시군요."

"모두가 도와주신 덕분입니다. 조금 더 가야 하나요?"

"거의 다 왔을 겁니다."

살짝 김현성을 바라보자 녀석 역시 고개를 끄덕였다.

마력이 느껴지는 계단.

뭐가 뭔지는 모르겠지만 일단 들어가 봐야 알 수 있다.

사실은 김현성에게 조금 더 제대로 된 설명을 요구하고 싶었지만 그렇게 할 수 있을 리가 없다.

'뭐가 있을까.'

어째서 김현성은 이 던전을 지금의 전력으로는 공략이 어렵다고 판단했을까.

궁금증과 불안감이 뒤섞였지만.

"그럼…… 진입하도록 하겠습니다."

포기하는 짓은 멍청한 일이다.

계단으로 내려가는 길은 어둡다.

조금 긴 계단을 내려가자 거대한 철문이 보였다.

전위에 위치한 박덕구가 천천히 철문을 열었고 이윽고 우리가 안으로 들어서자 곧바로 익숙한 목소리가 들어와 꽂혔다.

스타트 포인트에서 들었던 여자의 목소리였다.

[지하 던전에 도달하셨습니다. 희귀 등급의 강제 퀘스트가 발동됩니다.]

[희귀 등급 퀘스트—생존 (0/1)]

"뭐야."

"오, 오빠."

"전투 준비합니다."

"전투 준비하겠습니다."

굳이 김현성이 입을 열지 않아도 모두들 자신들의 무구를 꽉 붙잡고 있다.

"끼에에에에에엑!"

"끼에에에에에에엑!"

멀리 떨어진 곳에서 개 같은 목소리들이 날아들었으니까.

'제기랄! 제기랄!'

어느 정도 위험은 감수해야 된다고 생각하기는 했지만 내 생각보다 난이도가 있다. 어째서 김현성이 인원이 더 있어야 한다고 생각했는지 이해가 간다.

'디펜스.'

확실히 혼자서 어떻게 할 수 있을 정도의 병력이 아니다.

"처, 철문이 막혔습니다."

누군가 중얼거린 목소리.

"도망치지 않습니다. 충분히 이길 수 있을 겁니다."

"할 수 있을 거다."

"키에에에에엑!"

놈들이 이곳으로 달려오는 소리가 들릴 정도다.

괴물 새끼들의 목소리는 둘째 치고 땅 바닥을 울리는 것이 굉장히 신경 쓰인다.

불안감에 곧바로 주문을 외우기 시작.

정진호 쪽도 이런 상황은 예상하지 못했는지 조금 얼이 빠진 듯한 모습이다. 그렇지만 정진호를 중심으로 대열을 정비한다.

'막을 수 있어.'

당황하기는 했지만 충분히 막을 수 있다.

회귀자는 이 전력으로 공략이 가능하다고 판단했다.

"거, 제기랄. 엄청나게 많구만."

놈들에게 둘러싸인 적은 스타트 포인트에서 한 번. 박혜영이 병신 짓을 저질렀을 때 또 한 번. 그리고 이번이 세 번째다.

물론, 어쩔 수 없는 상황이기는 했지만…….

이번에는.

도망치지 않았다.

사방에서 몰려들어오는 괴물들은 대충 보기에도 질려 버릴 정도로 많았다.

개체 하나하나가 강해보이지는 않지만 그 양이 워낙 많다 보니 나도 모르게 계속해서 위험하단 생각을 하게 될 정도였다.

김현성과 박덕구가 아무리 강하다고 한들 겨우 두 명으로 어떻게 할 수 있는 수준이 아니다.

정진호 일행의 표정 역시 똥 밟았다는 표정.

이곳에서 살아남을 수 있을지, 계산하고 있는 것 같지만 적어도 정진호는 냉정을 유지했다.

'살아남을 수 있어.'

충분히 살아남을 수 있다.

마법에 쓸 마력을 아끼는 것은 너무나도 당연한 수순이다.

끊임없이 입으로는 주문을 외워가면서도 나는 두 손으로 창을 꽉 쥐었다.

"덕구야."

"알고 있소."

전위로 나서는 것은 박덕구와 김현성, 정진호.

가장 가운데를 박덕구가 제대로 틀어막고 최대한 밀집 대형을 유지한다. 살아남기 위해 서로 다른 생각을 가지고 있던 두 집단이 똘똘 뭉치기 시작한 것이다.

당장 뒤가 걱정되기는 하지만 이런 상황에서 우리 뒤를 칠 정도로 놈들은 멍청하지 않다.

그건 김현성 역시 마찬가지.

일단은 눈앞에 닥친 현실을 벗어나야 된다는 생각으로 모두가 검을 쥐고 달려드는 괴물들과 몸을 부딪쳤다.

콩!

"키에에에에에엑!"

"징그러운 놈들!"

한꺼번에 두세 마리가 달려 들어오는 것은 기본.

박덕구는 최대한 방패를 쥐고 몸을 웅크리며 녀석들을 막아내는 중이다.

딱히 창이 맞지 않는 상황을 걱정할 필요는 없다.

사방이 표적이니까.

푸욱 하는 감촉이 느껴지지만 그런 감촉을 느낄 여유도 없다. 반복적으로 창을 내지르며 어떻게든 박덕구와 김현성이 무너지지 않기를 바랄 뿐이다.

"최대한 밀집합니다! 최대한!"

"형님이랑 누님은 뒤에 딱 붙으쇼! 떨어지면 나도 어떻게 될지 모르니까!"

"네, 네!"

"키에에에에엑!"

계속해서 달려드는 녀석들을 견디기 힘든지 점점 철문으로 대형이 밀리는 느낌.

박덕구는 그 거대한 몸으로 방패를 휘두르며 우리가 움직일 수 있는 공간을 만든다.

김현성과 정진호는 자신들에게 달려드는 놈들을 차분히 검으로 찌르거나 밀어내는 중.

'강해.'

확실히 놈들은 강하다.

작은 방패로 공격을 막아내고 검을 찌르는 정진호도 물론이지만 김현성 같은 경우에는 저쪽을 보면서도 나와 정하얀을 신경 쓰고 있다.

혹시나 놈들에게 칼을 맞지는 않을지에 대해 걱정하고 있는 것이다.

'걱정할 필요 아무것도 없다, 이 자식아.'

"으아아아아아아!"

"으아아아!"

정진호의 똘마니들도 필사적이다.

이쪽을 노릴 여유 따위는 없는 것이 당연하다.

입술을 꽉 깨문 채로 자신들의 목을 노리고 오는 괴물들을 막아내려 최대한 애쓰고 있다.

괴물 새끼들의 혈액이 계속해서 창과 얼굴에 튄다.

내장 따위의 신체기관도 철퍽 철퍽 바닥에 떨어지자 바닥이 미끄러워진다.

역겨운 냄새에 인상을 찌푸리게 되지만 계속해서 돌아가는 정신없는 상황 때문인지 그것 역시 제대로 느껴지지 않는다.

"키에에에에에엑!"

괴물들이 내지르는 거슬리는 소리와 공포를 이겨내기 위한 비명이 하나로 합쳐진다.

"흐으읍!"

쾅!

방패가 한 번 휘둘러질 때마다 한 녀석이 나가 떨어지는 모습은 꽤나 장관.

'잘한다, 돼지!'

잠재 능력은 그렇게 높다고는 할 수 없지만 현재의 박덕구는 진짜다.

김현성 정진호와의 강함과는 조금 다른 종류의 강함이지만 30대 중후반을 바라보는 내구 능력치는 기가 차서 말이 나오지 않을 정도.

스치는 종류의 공격은 아예 몸으로 받아버린다.

'과소평가했어.'

재능 수치로만 녀석을 판단해 과소평가했다.

오히려 김현성이나 정진호보다 더 위협적인 모습을 보여주고 있는 것이 지금의 박덕구다.

거대한 덩치에서 뿜어져 나오는 압도적인 존재감.

근력 수치는 높다고 할 수 없고, 마력은 없지만 제자리에 서 있는 이 방패병은 단순한 고기 방패가 아니다.

어디를 막아야 할지, 어디를 때려야 할지 알고 있다.

수를 가늠할 수 없는 몬스터 떼를 몸으로 막으면서도 불편하다는 기색이 없다.

'이놈 인간이긴 하나?'

나도 모르게 그런 생각을 해버릴 정도였다.

당연하지만 박덕구 역시 겁에 질리지 않은 것은 아니다.

녀석은 마음이 약하기도 했고 처음 나와 사냥을 다녔을 때에도 놈들을 피해 다니기 급급했으니까.

그럼에도 불구하고 놈은 자리를 지키고 서 있다.

조금 질렸다는 표정을 하면서도, 무섭다는 표정이지만 처음처럼 도망치지는 않는다.

자신감이 붙거나 대형이 무너지는 걸 걱정하는 것이 아니다. 근육으로 꽉 찬 저 뇌에 그런 사고방식 따위는 들어가 있지 않다.

단순한 예상에 불과하지만 박덕구 저 돼지 새끼는 나와 정하얀이 다치거나 죽는 걸 원치 않는 것처럼 보였다.

"나한테서 떨어지지 마쇼! 형님! 떨어지지 마쇼!"

"뒤에 있다, 돼지야. 집중해."

"딱 달라붙어야 하는 거요! 딱!"

"알았다."

계속해서 이쪽의 안부를 물어보고 있는 걸 보면 알 수 있다.

'돼지 새끼…….'

조금 걱정되는 것은 괴물들의 공격이 지나치게 박덕구에게 집중되고 있다는 것. 아직까지 큰 상처는 없어보였지만 분명 누적되고 있을 터다.

이곳에서의 싸움 말고도 이후에 벌어진 일을 생각해 본다면 이런 흐름은 좋지 않다.

정하얀의 주문이 튀어나온 것은 바로 그때였다.

"바람 폭탄."

쾅!

하는 소리와 함께 녀석들이 바깥으로 크게 튀어 올랐다.

바닥이나 천장에 부딪친 녀석들은 풍압 때문에 피떡이 되었지만 그렇게 기분 좋은 상황은 아니었다.

'아껴야 하는데⋯⋯.'

나와 정하얀은 최대한 마력을 아껴야 한다.

물론 정하얀이 나보다 마력양이 많다고는 하지만 그래도 마법을 무한정으로 쓸 수 있는 건 아니다.

정진호 무리보다 이쪽이 먼저 체력이 떨어지면 안 된다. 놈들을 최대한 막아내면서도 마력 소비를 최소화해야 된다.

뭐라고 말을 전해야 할지 잠깐 고민하던 와중에 전황을 살피던 나는 슬쩍 미소 지을 수밖에 없었다.

'푸핫.'

아마도 의도된 것이리라.

정하얀의 마법이 떨어진 범위를 생각해 보면 답이 나온다.

정확히 박덕구와 김현성이 막고 있는 괴물들 사이에 꽂힌 마법.

다시 이야기하자면 정진호 집단이 막고 있는 왼쪽은 마법의 도움을 받지 못했다는 소리다. 간접적으로 왼쪽에 집중하고 있는 정진호를 비롯한 똘마니들에게 부담이 가중된다는 소리다.

악을 쓰고 괴물들을 막고 있는 녀석들을 보니 조금은 불쌍할 지경.

그에 비하면 이쪽은 조금 여유가 생겼다.

정하얀의 마법 덕분에 괴물의 숫자가 크게 줄기도 했고, 잠깐의 공백이기는 했지만 숨을 돌릴 여유를 얻었다.

'정하얀 나이스.'

가끔 모자란 것이 아닌가 하는 생각이 들 때가 있기는 하지만 정하얀은 내 생각보다 더 똑똑하다.

한결 여유로워진 박덕구와 김현성은 당연히 왼쪽으로 지원을 갈 생각 따위는 없다.

"대열을 유지해야 됩니다!"

아마 대열을 유지하지 않을 수도 없을 것이다. 아직까지 왼쪽 지역에는 놈들의 물량공세가 계속되고 있으니까.

"숨 좀 돌려라, 덕구야."

"아, 안 그래도 그럴 생각이요. 누님 때문에 살았소."

이쯤 되자 바빠지는 것은 정진호 쪽이다.

정진호 역시 마법을 사용할 수 있지만 놈은 자신이 마검사라는 걸 숨기고 싶어 하는 만큼 자신의 똘마니들을 위해서 마법을 사용하진 않을 것이다.

결국 놈들의 입에서 비명 비슷한 고함이 터져 나오기 시작했다.

"지원 좀 부탁드립니다!"

"이쪽도 지원 좀!"

"방금 같은 마법 부탁드립니다!"

마법을 쏴주길 바라고 있는 것이다.

슬쩍 나를 바라보는 정하얀.

그러나 나는 슬그머니 고개를 저었다.

정진호가 있다면 충분히 막아낼 수 있다. 팔이 물리거나 영 좋지 않은 쪽을 공격당할지도 모르지만 이 정도라면 놈들도 버텨낼 수 있다.

유석우 역시 정하얀을 향해 소리를 질러댄다.

"하얀 씨!"

"자, 잠깐만요. 마력을 채우고 있는 중이라."

"제길. 아아아아아악!"

그 와중에 놈의 팔에 상처를 입히는 멋진 괴물의 모습은 탄성이 절로 나올 지경이다. 그럼에도 놈은 검을 멈추지 않는다.

왜.

멈추면 죽는다는 걸 알고 있으니까.

크게 소리 내어 웃지 못하는 게 아쉬울 정도.

상황이 재미있게 돌아가고 있다.

"버틸 수 있습니다!"

조금씩 상처가 쌓이기 시작하는 왼쪽 진형.

'이건 좋아. 아주 좋아.'

정진호의 몸에도 상처가 쌓인다.

아무리 놈이 내 생각보다 강하다고 한들, 이 장소는 김현성 조차 혼자 들어가기를 꺼려했던 장소다.

고작 정진호 따위가 모든 것을 혼자 할 수는 없다.

나는 커다랗게 다시 한번 소리를 내질렀다.

"버틸 수 있습니다! 할 수 있습니다! 여러분!"

"기영 씨는 아직입니까?"

"조금만 더……."

"빨리!"

"버틸 수 있습니다. 분명히 막아낼 수 있을 겁니다! 조금만 더 기다려 주세요."

한결 여유로워진 창을 내지르며 긴박한 듯이 소리치자 이쪽도 정말로 긴박한 줄 아는 모양. 이미 저쪽의 상황은 고개를 돌려 이쪽 상황을 확인하기도 힘든 상태다.

"으아악! 제길!"

한 녀석은 다리를 물렸다. 모르긴 몰라도 이후의 전투는 절뚝거리며 진행해야 할 것이다.

"제기랄 빨리! 빨리! 마법을!"

"거, 거의 다 됐습니다!"

사실은 이미 한참 전에 캐스팅이 끝난 마법. 정말로 뚫리기 전에 한 번쯤은 쏴주는 것이 좋다고 생각했지만 놈들에게 도움을 주는 것은 조금 꺼려진다.

내가 쓸 수 있는 마법의 횟수 제한은 많아야 두 번.

뒷일을 고려하지 않았을 때는 세 번이 한계다.

상황상 도움을 줘야 되기는 하지만, 동시에 놈들에게 부담을 안겨줘야 한다.

인간이 다섯 명이나 모이면 꼭 쓰레기가 한 명쯤은 있게 마련. 아마도 오늘의 쓰레기는 내가 될 것 같은 느낌이었다.

"화염구!"

콰광!

"키에에에에에엑!"

거대한 불덩어리가 왼쪽 진형에 떨어지기 시작. 거대한 굉음을 내며 왼쪽 진영에 잠시 동안 여유가 생겼다.

순식간에 놈들을 불덩어리로 만들어 버리는 것은 물론, 그 파편에 맞은 이들까지 여파가 미친다.

아무래도 화력은 화염계 마법이 조금 더 효과적인 모양.

꽤나 많은 마력을 쏟아부은 만큼 저 정도의 효과도 없었다면 조금은 섭섭해질 것이다.

확실하게 떨어진 마법을 본 정진호 집단은 조금 다행이라는 보이는 표정을 지었다. 자신들도 여유를 찾을 수 있다고 생각하는 것이다.

그렇지만 마법의 여파는 거기서 끝난 것이 아니다.

"키에에에에엑!"

녀석들의 표정이 점점 구겨지기 시작했다.

모든 것이 완벽하다.

마법이 떨어져서 여유가 생겼고, 잠깐 동안 쉴 수 있는 여유를 얻었다.

다만.

다만 한 가지 문제가 있다면 밀집된 아귀들에게 불이 옮겨붙고 있다는 것. 불덩이에 휩싸인 괴물들이 서로 뒤엉키며 화려한 불꽃놀이를 만들어내고 있다.

괴로워하는 것도 잠시.

처먹는 것 외에 다른 생각은 못 하는 놈들이 결국 다시 돌진하기 시작했다. 아까보다 조금 더 흥분한 모습으로 말이다.

"키에에에에에에엑!"

비명인지 즐거움인지 모를 괴물 새끼들이 불덩이가 된 채 정진호 무리에게 달려드는 모습은 그야말로 장관.

'불타는 아귀다, 이 살인자 놈들아!'

"제길!"

"죄, 죄송합니다! 이, 이런 일이 생길 줄은…….'

이곳에는 없는 종류의 괴물.

놈들은 전혀 새로운 종류의 몬스터를 상대하기 시작했다.

"죄송합니다."

"이런 제기랄!"

뚫리면 죽는다.

뒤엉키거나 침입을 허용해도 죽는다.

지금 이 파티가 버틸 수 있는 이유는 이 진형이 유지되고 있기 때문이었다.

정진호 무리도 사냥을 나가지 않은 놈들은 아닌 만큼, 분명히 이 사실을 알고 있을 것이다. 그렇기 때문에 울며 겨자 먹기로 버티고 있다.

"제기랄!"

한껏 뜨거워진 불타는 괴물 새끼들을 상대로 한 치의 물러섬이 없는 놈들의 모습은 눈물이 나올 정도로 아름답다.

"죄, 죄송합니다."

그야말로 그림으로 그린 듯한 쓰레기 짓.

괴물이 줄어들었으니 실질적인 부담은 줄어들겠지만 뜨거움이라는 새로운 종류의 부담을 안고 싸우고 있는 놈들의 모습은 확실히 가슴이 아프다.

불타는 괴물 새끼들을 최대한 밀어내고는 있었지만 불이 옮겨 붙는다면 어떻게 할 수 없는 것이 문제다.

아마 체력적인 부담감도 상당할 것이다.

뜨거운 열이 계속해서 놈들의 체력을 앗아간다.

당장 이쪽도 뜨거워질 지경.

정진호 집단이 느끼고 있는 열이 어느 정도인지 감도 오지 않았다.

"으아아아아아!"

[몬스터 불타는 아귀의 상태창을 확인합니다.]

[이름-없음]

[칭호-없습니다. 조금 더 노력하셔야겠네요.]

[나이-5]

[성향-불타는 본능]

[직업-백수입니다.]

[능력치]

[근력–12] [민첩–15]

[체력–05] [내구–15]

[행운–10] [마력–01]

무슨 상황인지는 알 수 없지만 놈들의 상태창에도 변화가 있다. 생명력은 빠르게 줄어들고 있는 것 같았지만 마력을 품고 있는 걸 보니 내가 보낸 불꽃을 품고 있는 모양.

"불 좀 끄라고, 개자식아!"

부처님이라고 해도 이런 상황에서는 화가 날 수밖에 없다.

"죄송합니다! 조금만! 조금만 버텨주세요!"

지옥의 군대에 맞서 싸우는 성스러운 용사들을 보는 듯한 느낌. 꾸역꾸역 몰려 들어오고 있는 녀석들을 제거하기 위해 놈들 역시 무엇인가를 희생해야만 했다.

자신들의 체력이 됐든, 아니면 정진호가 숨기고 있던 패가 됐든 말이다.

주문을 외우는 소리가 들리지 않는 것을 보면 정진호가 선택한 것은 아마 전자.

'끝까지 숨기고 있겠다.'

끝까지 자신의 패를 보여주지 않는 판단은 좋다.

이미 녀석의 정보를 알고 있는 나와 김현성이 아니었다면 말이다.

'귀여운 놈!'

소리 내서 웃고 싶을 정도의 멍청함이다. 나는 물론이고 김현성 역시 녀석이 마법을 사용할 수 있다는 정보를 알고 있다.

시간이 조금 더 지난 미래에 놈이 어떤 직업으로 승급했을지는 모르지만 아마도 마검사의 상위 직업을 얻었을 것이 분명.

놈의 정보창이 말해주고 있는 마검사라는 직업 그리고 앞으로 일어날 미래.

지금 놈이 숨기고 있다고 생각하는 패는 이미 이쪽이 모두 알고 있는 것들이다.

패를 까놓고 하는 포커나 다름없다.

이미 놈이 가지고 있는 카드가 투 페어라는 걸 알고 있는데도 그걸 숨기려고 아득바득 이빨을 깨물고 있는 것을 보면 웃음이 나올 지경이다.

심지어 이쪽이 가지고 있는 것은 김현성이라는 다이아몬드 플래시다.

역시나 놈의 판단을 비웃기라도 하듯 상황은 조금 더 안 좋은 쪽으로 치닫기 시작했다.

"으아아아아아아아아악!"

"제길! 기철아!"

"버텨 주세요!"

왠지 모르게 정감 가는 이름을 가지고 있는 정진호의 똘마니 중 하나 이기철이 불타는 아귀에게 붙잡혀 버린 것.

괴물에게 팔이 잡혔는지 비명을 지르고 있지만 당연히 이쪽이 뭘 해줄 수 있을 리가 없다.

결국, 이기철이 불타는 아귀들의 품속으로 끌려들어가는 것은 순식간이었다.

좁은 공간을 빼곡히 메우고 있는 괴물들의 품으로 꾸역꾸역 삼켜지는 모습을 보니 나도 모르게 인상이 찌푸려졌다.

"으아아아아아아악! 살려줘! 살려줘!"

"기영 씨! 하얀 씨!"

아직 한 번 남은 소중한 마력을 정진호의 똘마니를 지켜주자고 사용할 수는 없는 노릇.

조금 불안하기는 했지만.

"조금만! 더!"

'뚫리지는 않을 거야.'

정진호가 있는 이상 뚫리지는 않는다.

"으아아아아아아아악! 그만해! 그만해! 개새끼들아! 그만!"

내장을 파먹고 있는 건지, 팔다리를 뜯고 있는 건지 이쪽에서 확인할 길은 없다.

한 가지 확실한 것은 놈의 목소리가 무척이나 고통스럽게 들려왔다는 것.

산 채로 먹히는 고통과 불에 타는 고통을 동시에 느낄 테니 저런 반응을 보이는 것도 당연하다.

'한 놈은 끝.'

이 와중에도 사람 한 명을 죽게 만들었다는 생각이 머릿속에 자리 잡았지만 전투의 흥분이나 상황 때문인지 죄책감 따위는 느껴지지 않았다.

오히려 무척이나 바라던 상황.

입꼬리가 계속해서 올라간다.

"할 수 있습니다!"

'유리해.'

안 그래도 유리한 상황을 더 유리하게 만들었다.

"으아아아악! 아아아아악!"

"제기랄! 제기랄! 기철아!"

"형님, 이거 진짜 위험한 거 아니요?"

"신경 쓰지 마라. 뚫리지 않을 거야."

끝이 보인다.

계속해서 버티다 보면 분명히 끝이 보일 거다.

정진호와 다르게 김현성은 초조해하지 않는다. 이겨낼 수 있을 거라고 생각하는 거다.

"흐으읍!"

단순한 작업의 반복.

막아내고 창을 찔러 넣는다. 마치 오래 달리기라도 하는 느낌처럼. 창을 든 손이 부들부들 떨리는 것은 물론, 호흡도 계속해서 거칠어진다.

온몸은 땀으로 범벅이 되었고 숨 쉬기가 힘들다.

당장에라도 땅에 엎드려 헐떡거리고 싶지만 계속해서 달려드는 놈들은 쉴 시간도 주지 않았다.

'괜찮은 건가.'

박덕구의 상태는 나쁘지 않다.

김현성 역시 마찬가지.

한쪽 진형에 구멍이 생긴 정진호도 마찬가지다.

유석우나 궁수는 힘들어 하고 있는 것 같지만 나 정도로 보이지는 않는다.

괴물 새끼들의 시체가 벽처럼 쌓이고 또 다른 괴물이 그 시체를 넘어 이쪽으로 넘어온다.

박덕구는 그걸 막아내고 나는 다시 녀석을 창으로 찌른다.

'버틸 수 있는 건가?'

아무렇지도 않은 척했지만 불안감이 감도는 것은 너무나도 당연하다. 녀석들이 얼마나 남았는지도 파악이 잘 안 되는 상황.

한 가지 확실한 것은 울음소리가 점점 줄어들고 있다는 것이었다.

그 대신 내 커다란 목소리만 울린다.

'버텨주세요'라든가.

'조금입니다'라는 개소리 말이다.

"흐으으으읍!"

마치 마지막 힘을 쥐어 짜내는 느낌으로 내지른 창.

박덕구도 커다란 기합을 내지르며 방패를 밀어냈다.

"키에에에에에엑!"

마침내 김현성이 슬쩍 자신의 팔을 내려놨을 때, 이 지옥 같았던 시간이 끝났다는 것을 실감할 수 있었다.

"끝났다."

"끄, 끝났다……."

나도 모르게 땅바닥에 털썩 주저앉게 되는 것이 당연하다.

거친 숨을 몰아쉬고 있을 때 입을 연 것은 김현성이다.

"곧바로 이동하겠습니다."

'개…….'

"입장했을 때 받은 퀘스트가 아직 완료되지 않았습니다. 곧바로 움직이는 게 좋을 것 같습니다."

"끄응……. 형님, 걷기 힘들면 내가 안고 가리다."

"됐다, 덕구야. 나도 걸을 수 있어. 하얀이는……."

"저, 저도 마찬가지예요. 오빠."

이쪽은 이미 준비를 마쳤다.

문제는 바로 저쪽.

아마 괴물들에게 끌려가 죽어버린 기철이라는 놈의 시체는 찾을 수 없으리라.

앞쪽의 시체를 뒤적거리는 놈의 모습이 시야에 비쳤다.

참담하게 죽은 동료의 시신을 봤는지 결국에는 고개를 떨어뜨렸는데, 이쪽에게 적의를 보내는 일까지 잊어버린 것은 아니다.

정진우는 무표정.

유석우가 내게 보내는 표정 역시 적의다.

"이 개 같은 놈!"

머리카락은 대부분 타 있고 몸도 상처투성이. 이미 뒈져 버린 기철이라는 놈이 괴물에게 끌려간 이후 그 구멍을 메우기 위해 칼을 든 것까지는 확인했었다.

겉모습을 보니 꽤나 고생한 모양.

"죄, 죄송합니다."

"단순히 죄송하다고 끝날 일인 것 같아? 이 새끼야!"

"그, 그렇지만…… 어, 어쩔 수 없었습니다."

"뭐?"

"어쩔 수 없는 상황이었습니다. 아직 화염계 마법 이외에 다른 마법은 익숙하지 않았고 제 마법이 떨어지지 않았으면 아마 더한 참사가 벌어졌을 겁니다. 하얀이가 마법을 쓰기에도 시간이 부족했고 놈들이 서로 달라붙어 불길을 옮길 거라고는 생각하지 못했습니다. 저로서는 최선의 선택이었습니다. 그, 그리고…… 놈들의 숫자는 확실하게 줄였습니다."

과도 있으나 공 역시 확실하다.

애초에 내가 아니었다면 지금 이 시점까지 버티지 못했을 것이 분명.

물론, 정하얀이나 내가 마력을 전부 사용해 이 상황을 헤쳐나가는 선택지도 있었겠지만 놈을 살리기 위해 마력을 사용한다는 것은 득보다는 실이 많다.

정진호도 똑같은 판단을 했다.

물론 정진호의 입장에서는 기철이라는 놈이 이렇게 빨리 리타이어할 거라고는 생각하지 못했겠지만 말이다.

그게 놈의 실수다.

화력이 다소 과했고 불이 달라붙은 것 때문에 기철이란 놈이 죽은 것은 사실. 그러나 내가 아니었다면 지금도 없다.

어디까지나 일부러 불을 뿌린 것은 맞지만.

'그렇지.'

그건 놈이 굳이 알 필요가 없다.

"그걸 말이라고……."

"어쩔 수 없었습니다. 기철 씨의 죽음은 저도 안타깝습니다만 지금은……."

방구 낀 놈이 성을 내고 있는 상황이다.

놈이 저렇게 황당해하는 것도 무리가 아니리라. 당장에라도 활이나 창을 겨누고 싶은 심정일 것이다.

인상을 찌푸리며 이쪽으로 다가오고 있는 놈의 모습을 보니 조금 무섭기는 하다.

애써 박덕구를 바라보며 고개를 저었다.

개입하지 말라는 내 행동에 박덕구 역시 고개를 끄덕였다.

"정말로, 정말로 죄송합니다. 그렇지만…… 어쩔 수 없는 일이었습니다."

"이이…… 이……."

어딜 봐도 동네 양아치처럼 보이는 외모. 이런 놈들의 특징은 아주 잘 알고 있다.

'분노 조절 장애.'

자신보다 약하다고 판단하면 보이는 분노 조절 장애.

"정말로 죄송합니다. 그래도 우리는 살지 않았습니까."

가까이에 있는 놈에게만 보일 정도로 히죽거리자 참지 못한 놈이 주먹을 휘둘러왔다.

당연하지만 굳이 피하지 않았다.

어차피 어느 정도의 갈등은 필요하니까.

퍼억 소리와 함께 내 몸이 옆으로 나가떨어진 것은 당연한 일. 순식간에 정신이 멍해지는 것은 물론, 입안이 터졌는지 피가 고였다.

굳이 연기하지 않아도 너무나도 허약한 내 몸은 땅바닥에 철푸덕 하고 쓰러져 내린다.

"형님! 이 잡놈이!"

깜짝 놀란 박덕구의 목소리.

"괜찮다, 덕구야. 실수한 건 나니까."

박덕구를 말리는 피해자의 모습을 보여주는 것도 잊지 않는다.

"재준 씨, 거기까지 하시죠."

"그, 그렇지만."

"거기까지. 마음은 이해합니다만 더 이상의 갈등은 좋지 않습니다."

'그렇지. 갈등은 좋지 않지.'

정진호의 입장에서도 지금 이 자리에서 부딪치게 되는 건 사양일 테니까.

퉤 하는 소리와 함께 입안에 있는 걸 뱉어내니 피와 함께 이빨 하나가 툭 하나 떨어졌다.

'아으…….'

"괜찮습니까? 기영 씨."

"아. 괜찮습니다, 현성 씨. 제 실책입니다. 어쩔 수 없었습니다. 죄송합니다."

어쩐지 지나치게 아픈 것 같았다.

김현성에게서 별 말은 없다. 그렇지만 저쪽을 묘하게 경계하는 느낌에 내가 실수한 것은 아니라는 걸 깨달을 수 있었다. 심지어 나를 걱정해 주는 눈빛은 정말로 따뜻해 보인다.

회귀자 김현성의 동료.

너무나도 따뜻한 울림.

이것만으로도 내가 가장 안전한 장소에 있다는 확신을 가질 수 있다.

예상하지 못한 문제는 전혀 다른 쪽.

'아……'

정진호의 똘마니, 김재준을 무표정으로 응시하고 있는 정하얀의 존재였다.

'큰일 났다.'

누가 봐도 내가 잘못한 상황이다.

그림으로 그린 것 같은 쓰레기 짓이었다.

장담컨대 솔로몬이 와서 판결을 내려도 나를 죄인이라고 말하리라.

김현성에게 평판이 깎일 각오를 하고 선택한 도박.

확실히 상황은 나쁘지 않았다.

이기철이라는 놈은 아귀의 뱃속으로 사라졌고 정진호의 똘마니는 이쪽을 죽이기라도 하겠다는 것처럼 분노를 보내고 있는 중이다.

갈등도 만들었고 김현성의 반응도 나쁘지는 않다.

내가 일부러 한 일이라는 걸 아는지 모르는지는 모르지만 결과는 충분히 만족스럽다.

손도 쓰지 않고 한 놈을 아귀 뱃속으로 보내버린 것이다.

피해자가 되는 모험까지 감행하다 보니 이를 하나 잃기는 했지만 소중한 동료들에게서 따뜻한 관심을 얻는 아름답고 바람직한 결과를 얻어냈다.

그러나 정하얀이 또다시 저런 표정을 보내는 것은 예상하지 못한 일이었다.

다른 이성과 스킨십을 하는 것도 금기.

'이것도 안 되는 건가?'

누군가 내 몸에 손을 대는 것 역시 금기다.

손톱을 까득까득 깨물고 있는 모습을 보여주는 것도 잠시. 이쪽이 아직까지 바닥에 엎어져 있다는 것을 눈치챘는지 황급히 다가왔다.

그러나 놈에 대한 적의까지 버린 것은 아니다.

"오빠!"

그러나 피를 흘리는 내 모습을 보니 아무 생각이 나지 않는 모양이다.

심지어 반지를 쓰다듬으며 마력을 보내려는 모습은 가관.

정하얀이 가지고 있는 신성력 반지는 이런 상처를 치료하기 위해 있는 것이 아니다.

왼쪽 손을 살짝 움켜쥐자 내 뜻을 알아차렸는지 주문을 외우지는 않았다. 글썽이는 커다란 눈에서 결국 눈물이 흐르고 말았다.

"괘, 괜찮으세요? 어떡해…… . 어떡해요."

"괜찮아. 내가 잘못한 거니까…… . 어쩔 수 없지."

입안이 괜스레 쓰다.

이빨 하나가 날아가서 볼 한쪽이 얼얼했지만 아프다는 티를 낼 수는 없다. 괜한 엄살이라도 부렸다간 정하얀이 대뜸 저쪽에 마법을 날릴 것 같았기 때문이다.

'그건 참아줘. 제발 부탁이다.'

이쪽에서 먼저 마법을 쏘는 것도 분명 나쁜 선택지는 아니지만 웬만하면 피해자의 포지션으로 일을 진행시키는 게 좋다.

김현성이 아직 움직임이 없는 것을 보면 김현성도 그걸 바라고 있을 것이다.

"흐으으극."

내 얼굴을 계속해서 어루만지는 모습이 마치 나라라도 잃은 듯하다. 목이 메는지 자꾸만 히끅거리고 있는 것은 물론, 공황장애라도 걸린 것 같은 모습을 보니 정하얀이 정말로 제정신을 유지하고 있는지가 궁금해졌다.

눈물과 콧물이 범벅이 된 얼굴.

누가 보면 내가 죽기라도 한 줄 알았을 것이다. 이빨 하나 날아간 반응으로 보기엔 너무나도 격정적이다.

"괜찮으세요? 괜찮으신 거죠? 히끅……. 괘, 괜찮."

"응. 괜찮아. 별거 아니야. 신경 쓰지 마, 하얀아. 정말로 괜찮으니까. 정말로 괜찮아. 하나도 안 아파."

아프기는 하지만 대단한 상처는 아니다.

이 정도 상처에 이런 반응을 보여주니 어떻게 생각하면 고맙기도 하지만 또 다른 쪽으로는 조금 무섭게 느껴지기도 했다.

"이놈이 감히 어딜!"

화를 내는 것은 박덕구 역시 마찬가지.

사실 잘못해서 한 대 맞았을 뿐이다.

그러나 정하얀이나 박덕구가 보여주는 반응은 놈의 예상을 훨씬 뛰어 넘었을 것이다.

이쯤 되면 정진호 역시 당황스러울 거라고 생각했다.

물론, 그 누구보다 당황스러워 하는 것은 나를 때린 장본인.

갑작스럽게 험악해지는 분위기에 불길함을 감지한 것이다. 마무리 되려는 상황에 정하얀의 반응이 새로운 화두를 던져줬다.

오차가 있기는 했지만 나쁘지 않은 정치질이다.

가해자가 순식간에 피해자로 둔갑하는 마법.

내가 사용할 수 있는 마법보다 더욱더 마법 같은 일이 벌어진 것이다.

'푸흡.'

이러면 안 된다는 걸 알고 있으면서도 계속해서 입꼬리가 올라간다. 이런 얼굴을 보여주면 안 된다는 걸 알고 있는데도 불구하고 계속해서 미소가 지어진다.

결국 고개를 숙인 것은 정진호 쪽이었다.

"죄송합니다, 기영 씨."

"아닙니다."

"뭐라고 할 말이 없습니다. 나쁜 의도가 아니었음은 잘 알고 있습니다. 만약에 마법을 써주지 않으셨다면 더 큰일이 일어날 수도 있었겠죠. 오랫동안 함께했던 기철 씨가 죽었다는 거에 재준 씨가 조금 흥분한 것 같습니다. 이해해 주셨으면 합니다. 재준 씨?"

"그렇지만……."

"재준 씨, 사과하셔야 됩니다. 어쩔 수 없는 상황이었고 최선의 선택이었습니다. 만약 기영 씨가 아니었다면 저희 모두 죽었을지도 모릅니다."

정진호의 눈치를 보는 건지는 모르겠지만 계속해서 인상을 구기고 있던 재준이란 녀석도 결국에는 고개를 숙여왔다.

"제, 제가 잠시 흥분한 것 같습니다. 죄송…… 합니다."

부들부들 주먹을 떨고 있다.

말을 잇기가 힘든지 나를 제대로 쳐다보고 있지도 않다.

정황상 사과는 해야 된다고 생각했지만 차마 입이 떨어지지 않을 것이다.

애초에 사과와는 거리가 멀어 보이는 성향이기도 했고, 사과하는 표정도 아니었다.

그저 화를 참아내고 있을 뿐이다.

"괜찮습니다, 재준 씨. 충분히 이해할 수 있습니다. 저도 조금 경솔했었고……. 어떤 말로도 위로 드릴 수 없겠지만 진심으로 사과드립니다."

물론 나도 진심은 아니다.

"죄송…… 합니다."

억지로 고개를 숙이고 있는 모습이 보인다.

딱히 사과를 받는 기분은 아니지만 그것과는 별개로 기분은 좋다.

'푸흐훗.'

녀석이 분노 조절 장애자가 아니었다면 고개를 숙여야 하는 사람은 내가 됐을 수도 있었을 것이다.

사실 녀석보다 걱정되는 것은 당연히 정하얀의 존재.

'이거…….'

만약에 박혜영 때와 똑같은 행동을 생각 중이라면 난감해지는 것은 이쪽이다.

이미 박혜영 사건의 범인은 정진호라고 못을 박아놓은 상황.

갑자기 정진호의 똘마니와 함께 어디론가 사라진 이후, 녀석들이 사지가 절단된 채로 발견된다면 김현성은 정하얀을 의심할지도 모른다.

물론 나도 함께 용의자 선상에 오를 것이다.

말리고 싶지만 표정을 보면 말릴 수 없을 것 같다. 주먹을 어찌나 꽉 쥐었는지 손바닥에 상처가 날 정도였다.

정하얀이 녀석을 공격하는 건 이미 기정사실화되어 있는 것 같았다.

'나쁘진 않아.'

조금 더 긍정적으로 생각해 보면 나쁘지는 않다.

단순하게 생각해 보면 정하얀이 직접적으로 움직여 준다는 건 이쪽에 도움이 되는 이야기니까.

김재준이 죽는다면 정진호는 손발을 잃는 것이나 다름없다.

'저건 왜…….'

그러나 떨어져 나간 내 이빨을 남몰래 집어 드는 정하얀의 모습은 언제 터질지 모르는 폭탄 같다.

"일단은 움직이겠습니다, 기영 씨."

"네. 그렇게 하도록 하죠. 소란을 일으켜 죄송합니다."

살짝 몸을 일으키자 마치 부축이라도 해주겠다는 듯이 이쪽의 팔을 자신의 어깨에 가져다 대지만 그 정도 상처는 아니다.

그래도 일단은 붙어 있는 것이 정답.

방아쇠를 당기는 타이밍은 이쪽이 정해야 한다.

자신의 이상한 모습을 들키는 것을 싫어했으니 아마 내가 옆에 붙어 있다면 당장은 터지지 않으리라.

"걸으실 수 있겠습니까?"

"물론입니다."

"혹시라도 힘드시면……."

"아니, 정말로 괜찮습니다. 현성 씨. 말씀대로 일단은 이곳을 빠져나가도록 하죠."

"네."

철문은 여전히 굳게 닫혀 있다.

퀘스트가 끝나기 전에는 열리지 않을 수도 있고 아니면 외부에서만 열 수 있게 만들어진 것일 수도 있지만 한 가지 확실한 것은 우리가 살아남기 위해서는 어떻게든 이 던전이 주는 퀘스트를 완료해야 된다는 것.

공교롭게도 퀘스트의 이름 역시 생존이다.

"어쩌면 그 여자가 말했던 생존 혹은 공략이라는 게 이곳에서의 퀘스트를 말하는 걸지도 모르겠군요."

분위기를 환기시키기 위한 정진호의 말.

아무 말이라도 하고 싶을 것이다. 정하얀을 포함한 모두가 정진호와 똘마니들을 경계하고 있기 때문이다.

조금이라도 거리감을 좁히려고 발악하는 것은 당연한 선택이다.

어울려주지 않을까 생각하기는 했지만 마침 나도 비슷한 걸 생각하고 있던 참이다.

"저도 같은 생각을 했었습니다. 1층은 사실 아무런 의미도 없고 이곳에서의 생존과 공략이 주가 되는 것처럼 보입니다. 생존이라는 게 지금 이 상황을 벗어나 괴물들을 피하거나 이겨내는 게 조건이라면 동시에 공략 퀘스트 역시 해결되는 것이니까요. 만약에 이 가설이 옳다면 1층은 정말로 아무 의미가 없는 장소였겠군요."

죽이 되든 밥이 되든 이곳에서 생존과 공략을 동시에 해결해야 된다는 소리다.

살짝 김현성을 바라보니 굳이 부정하려 하진 않았다.

선두에서 길을 찾느라 대화에 집중하지 못하는 것 같지만 다른 소리가 없는 것을 보면 나와 녀석의 가설이 맞는 것 같았다.

1층에서 여자가 말했던 생존과 공략.

두 가지가 모두 이곳에서 이루어진다.

"생존은 이해가 가지만……."

"어쩌면 이곳에는 보스 몬스터 같은 게 있을지도 모릅니다."

"아."

"그게 일반적이니까요. 상태창이나 직업 같은 것을 보면 이곳은 온라인 게임과 제법 유사합니다. 만약 튜토리얼이 아니었다면 공략을 위한 여러 조건이 있었을지도 모르겠지만 단순하게 생존과 공략에 초점이 맞춰져 있는 던전이라고 한다면 다른 괴물이 있을지도 모릅니다. 그 괴물을 죽이는 게 아마 공략이 되겠죠."

"저도 비슷한 생각입니다. 기영 씨."

"단순한 추측입니다. 두 번째로는 길을 찾는다는 선택지가 있을 수도 있겠죠."

"밖으로 빠져나가는 길 말씀이시군요."

"네. 밖으로 빠져나가는 길일 수도 있고 아니면 저희 모두를 밖으로 나가게 해주는 장치가 있을 수도 있을 겁니다. 몇 가지가 더 있겠지만 당장 생각나지는 않는군요."

아니면 말고.

그냥 누구나 할 수 있는 추론이고 머릿속에 있는 개소리를 던져본 것에 불과하다. 정진호도, 심지어는 유석우도 같은 생각을 하겠지만 직접 입 밖으로 내뱉는 것과 내뱉지 않는 건 차이가 있다.

"여러 가지를 생각하고 계시는군요. 기영 씨는."

유석우가 중얼거렸다.

말에 조금 가시가 있는 느낌이다. 불덩이를 일부러 집어던진 것이 아니냐고 묻고 있는 것 같지만 당연히 웃어 넘겼다.

이쪽의 목숨을 노리고 있는 건 저쪽도 마찬가지였으니까.

"망상에 불과합니다."

단순한 망상이다.

계속해서 길을 걸어도 아까같이 괴물들의 모습은 보이지 않았다.

물론 간헐적으로 눈에 띄기는 했지만 아까 같은 전투라고 할 수 있을 정도는 아니었다.

혹시나 다른 소란을 일으킬 수 있기 때문에 최대한 빠르게 정리했고 덕분인지 아까 같은 사고도 벌어지지 않았다.

체력이 떨어져서 그런지 이동 속도는 굉장히 느려졌지만 조금이나마 여유를 찾을 수 있었다.

그 와중에 마력이 자동으로 차고 있는 것은 웃을 수 있는 부분.

김현성이 간혹 인상을 찌푸린다든가, 정하얀이 김재준을 빤히 바라보는 경우도 있었지만 다행히 무슨 일이 일어나지는 않았다.

특히나 정하얀 같은 경우에는 뭐가 그리 억울하고 분했는지 입안이 부운 나를 볼 때마다 가끔 혼자서 눈물을 쏟아댔고 고개를 흔들며 혼자 중얼거리는 시간이 많아졌다.

시도 때도 없이 눈물을 보이자 조금 당황했던 건 박덕구.

여자에 익숙하다고 호언장담했던 것과는 달리 정하얀을 어떻게 위로해 줘야 할지 감을 못 잡는 것 같았다.

누가 봐도 상황이 이상하니까.

사실 눈물을 보이는 것보다 더 당황스러웠던 것은 고개를 숙이며 작은 목소리로 속삭인 내용이었다. 소리가 너무 작아 가까이에 있는 나도 제대로 들을 수 없었다.

가끔씩 귀에 꽂히는 단어들로 미루어 추측해 봤을 때.

'죽여야 돼'라고 말하는 것처럼 들렸지만 굳이 알아들었다는 티를 내지는 않았다.

그게 나에게도 이로울 테니까.

"제가 복수해 줄게요."

들리지 않는 척하는 게 더 좋다.

이건 확신할 수 있다.

"밖에는 뭐가 있을 것 같습니까?"

"글쎄……. 아무래도 이곳에서 먹는 음식보다는 훨씬 맛있는 게 있지 않겠소."

"흐으윽."

"아마 덕구 씨가 원하는 것도 있을 겁니다."

"흐그윽."

"……."

"……."

"괜찮다니까."

서로 이야기를 주고받던 이들이 묘하게 조용해졌다.

이제는 연례행사가 되어버린 상황이다.

나를 빤히 쳐다보다 눈물을 참지 못했는지 한차례 눈물을 쏟아내는 정하얀이 시야에 비쳤다. 처음처럼 격정적이진 아니었지만 가끔씩 이렇게 뚝뚝 닭똥 같은 눈물을 흘릴 때마다 기분이 조금 이상해졌다.

물론 상황은 나쁘지 않다.

김재준과 정진호가 이쪽의 눈치를 보고 있었기 때문이다.

파티의 분위기를 조금 좋게 끌고 나가기 위해 여러 가지 대화를 나누는 중에도 정하얀이 이런 식으로 눈물을 쏟아내니 분위기가 조금 숙연해지는 건 어쩔 수 없는 노릇.

누가 보면 뒈진 게 이기철이 아니라 나인 줄 알 것이다.

실제로 정하얀이 김재준 쪽을 째려보는 것도 일과가 되어버렸다.

김재준이 얼마나 불편해할지 감도 제대로 오지 않을 정도다.

이미 저들은 이쪽에 설설 기어야 할 입장이 됐다. 이기철이 예기치 않은 사고를 당하면서 유지되던 힘의 균형이 무너졌다.

정진호 파티는 사실상 이쪽을 사냥하는 것을 포기한 것처럼 보였다. 정말로 기회라고 생각하는 순간이 오지 않는 한 무난하게 공략을 끝내는 게 좋다고 판단한 것이다.

'나였어도 그랬을 거다.'

내가 정진호의 입장이었어도 김현성 파티를 죽인다는 계획을 전면 취소했을 것이다.

그들이 조금의 갈등에도 민감하게 반응하는 이유가 바로 여기에 있다.

"정말로 죄송합니다."

"아닙니다, 진호 씨. 조금 민망하군요. 사실은 계속 사과 받아야 하는 입장에 있는 건 제가 아닌데 말입니다."

이런 식으로 계속해서 사과를 해오고 있는 걸 보면 알 수 있다.

"제가…… 흥분했었습니다."

"당연히 흥분할 만합니다. 저도 다시 한번 사과드립니다."

둘이 무슨 이야기를 나누었을지는 알 수 없지만 정진호가 사과를 해올 때마다 김재준 역시 미안하다는 의사를 표현하고는 했다.

문제는 조금씩, 조금씩 정하얀이 적의를 드러내고 있었다는 것.

"미, 미안할 짓을 어째서……."

들으라는 듯이 혼잣말을 하는 경우가 많아진 것이다.

저러다 진짜 속마음을 말하는 게 아닌가 하고 걱정했지만 그 정도 사리 분별은 할 수 있을 것이다.

조금 재미있었던 것은 유석우의 반응이었다.

"……."

처음 내가 정하얀과 가까운 사이라는 걸 밝혔을 때부터 놈은 기분이 별로 좋지 않은 것 같았다. 역시나 정하얀과 내가 붙어 다니기 시작하자 불편하다는 기색을 드러내곤 했다.

특히나 눈이 퉁퉁 부을 정도로 울고 있는 모습을 정하얀이 나를 어느 정도로 생각하고 있는지에 대한 답으로 인식한 것 같았다.

'유석우.'

애초에 녀석은 정하얀에게 성범죄자 그 이상도 그 이하도 아니다. 실제로는 미수에 그쳤으나 이곳에 있는 것 자체가 조금 황당한 상황이다.

놈이 전에 한 짓을 생각해 보면 범죄자 집단과 어울리는 것도 이해하지 못할 일은 아니지만 아무래도 정진호들은 녀석에게 무엇인가를 약속한 것 같았다.

그렇기 때문에 뒤늦게 직업을 얻고 그들과 같이 다니며 경험을 쌓은 것일 수도 있다.

이를 테면 정하얀이라든가.

성공적으로 일을 끝내면 사랑하는 내 님을 얻을 수 있다는 생각에 설렜겠지만 계획이 전면 취소되게 생겼으니 질투 어린 시선을 보내는 것도 이해는 간다.

아무튼 간에 이 파티는 최소한 겉으로는 그런 방향으로 나아가고 있다.

분쟁을 최소화하고 다툼이 없고 싸우지 않는 아름다운 파티 말이다.

이 모든 결과물은 정진호와 김재준이 이쪽에 설설 기며 형성된 분위기였지만 불행하게도 나는 그다지 놈들처럼 하하 호호 지내고 싶은 마음은 없다.

김현성은 가끔 뭔가를 곰곰이 생각하고 있는 것 같았는데 나로서는 그게 정진호를 어떻게 처분할지에 대한 고민이 아니길 바란다.

놈들은 박혜영을 죽인 살인자들이고 이곳에서 죽는 게 옳다고 생각했기 때문이다.

사실 김현성이 정진호를 처음 봤을 때 보여준 반응을 생각해 본다면 그럴 확률은 거의 없는 것이나 마찬가지.

정진호와 유석우 그리고 김재준은 아직까지 가면을 쓰고 있다.

이곳에서 이쪽이 먼저 선공을 날린다면 미친놈이 되는 것은 당연히 김현성.

최소한 나와 박덕구 정하얀에게는 자신의 다른 모습을 보여주기 싫은 것이 확실한 만큼 명분이나 기회를 노리는 중일수도 있다.

아니, 분명히 그럴 것이다.

놈들을 죽일 수 있는 기회, 혹은 명분, 김현성이 간혹 인상을 찌푸리는 것은 그런 걸 생각하는 것처럼 보였다.

'도와줘도 될까.'

김현성은 도움이 필요한 것처럼 보였다. 그럴듯한 상황이나 우리와 떨어져 녀석들과 남을 수 있는 상황을 그리고 있는 것이다.

이를 테면.

'먼저 공격 받는다든가.'

아마 그게 가장 이상적일 것이다.

갑자기 습격해 온 비겁한 범죄자 무리에 맞서 싸우는 정의의 용사들.

어감이 꽤나 좋다.

문제는 이기철을 잃은 정진호와 똘마니들이 이쪽을 섣불리 공격하지는 않을 거라는 점이다.

그러나 한 명은 분노 조절 장애자에 한 명은 질투에 미친 남자라는 걸 고려해 보면 어려운 일은 아니다.

어쩌면 하품이 나올 정도로 쉬운 작업일 수도 있다.

'도발은 특기니까.'

특히나 유석우 같은 경우에는 정진호의 똘마니로 들어간 지 얼마 안 되는 만큼 정진호도 예측 못 한 돌발 행동을 해올 가능성도 있다.

생각을 계획으로 옮기는 것은 순식간.

일단은 정하얀을 이용해 놈의 속을 살살 긁어보는 것도 나쁘지 않아보였다.

무슨 커다란 계획이 있는 것은 아니다.

"아······."

단지 스킨십.

이 정도면 충분할 것이다.

"오빠······."

정하얀이 작게 속삭였다. 조금 당황한 것 같은 목소리였지만 굳이 손의 위치를 옮기지는 않았다. 허리와 골반의 경계선에 손을 대고 있는 것만으로도 조금 떨리는 모양.

누가 보면 내가 정하얀을 의지해 길을 걷고 있는 거라고 생각할 수도 있을 것이다.

손 위치의 애매함을 느끼고 있는 것은 정하얀이나 유석우가 전부일 것이다.

허리도 아니고 골반도 아니고 둔부도 아니다.

뭐라고 딱히 설명하기 애매한 그 경계선을 잡고 있는 것만으로도 반응이 온다.

'픕.'

이쪽에 분노를 보내고 있는 게 느껴진다.

"아, 하얀아. 미안······."

"괘, 괜찮아요. 편하신 곳······ 잡으시면 돼요."

"그래도."

"괜찮아요."

마치 사랑하는 여자친구라도 빼앗긴 것 같은 표정은 내가 봐도 참담할 지경이다.

김현성과 정진호, 박덕구와 똘마니 김재준이 던전에 대한 이야기를 나누는 와중에도 놈은 이쪽만 바라보고 있다.

슬쩍 손을 더 아래쪽으로 내리자 정하얀은 고개를 숙이며 입꼬리를 올렸다.

'너무 좋아하는데.'

이런 반응은 예상하지 못했지만 그와 반대로 유석우는 속이 뒤집어질 것 같은 표정을 하고 있다.

슬쩍 눈이 마주치는 것은 순식간.

당연하지만.

입가에 미소를 띄어주는 것도 잊지 않는다.

'부럽지?'라고 말하는 것처럼 느낄 것이다.

굳이 말을 하지 않아도 된다.

행동이나 표정은 가끔은 훌륭한 대화수단이 되어주기도 하니까.

"고마워, 하얀아. 힘들지는 않아?"

"아! 아니에요. 오빠가 도와주신 거에 비하면 이 정도는 아무것도 아니에요."

놈이 병신 같은 코스프레까지 하며 만지고 싶어 했던 정하얀이다. 그런 정하얀의 이곳저곳을 떡 주무르듯이 만지는 것처럼 보고 있을 테니 저런 모습도 무리는 아니다.

애초에 놈이 정하얀에게 진지했는가에 대한 여부는 중요하지 않다. 놈의 찌질함을 생각해 본다면 어쩌면 진지했을 거라고도 생각이 들지만.

'달달하네.'

본인이 뿌린 씨앗이다.

이것 외에도 보여줄 것은 많다. 당장 나를 걱정하는 정하얀의 눈빛이나 달콤한 목소리. 물론 내게는 달콤하지만은 않지만, 마치 꿀을 바른 듯한 목소리가 놈의 아픈 가슴을 더욱더 고통스럽게 할 것이다.

'손을 붙잡고.'

몸을 밀착시킨다. 허리나 어깨에 손을 올리거나 적당히 긴장감을 유지한다.

'몸의 대화라는 건 좋지.'

성적 긴장감을 유발시키는 대화 방법이다.

정하얀의 얼굴은 이미 붉어질 만큼 붉어진 상황.

그럼에도 불구하고 입가에 매달린 미소는 도무지 사라지질 않는다. 숨소리가 점점 거칠어지는 것 같아 그만해야 한다고 생각했지만.

이 행동을 끊을 수가 없다.

결국에는 놈이 참지 못했는지 말을 걸어왔다.

"하얀 씨, 많이 힘들어 보이시는데 제, 제가."

"······."

"풉."

나도 모르게 웃어버리고 말았다. 정하얀이 완벽하게 유석우를 무시했기 때문이다.

정하얀과는 다른 의미로 붉어진 유석우의 얼굴이 보인다.

뒤에서 일어난 작은 소란에 살짝 뒤를 돌아보는 김현성과 정진호 그리고 박덕구.

정하얀이 조금 숨소리를 거칠게 내뱉는 것을 본 박덕구가 곧바로 입을 열었다.

"거, 누님. 이제 힘들면 교대해도 되는데."

"그래, 하얀아. 사실 그렇게 많이 다친 것도 아니······."

"아! 아니에요! 제, 제가 할 거예요. 제가······ 같이."

"거, 우리 누님이 아무래도 형님이랑 붙어 있고 싶은 모양인 것 같은데, 힘들면 꼭 말해줘야 됩니다."

"네."

꽤나 좋은 타이밍에 박덕구가 개입해 줬다.

내가 원하는 것이 아니라 정하얀이 원하고 있다는 걸 간접적으로 알린 것이나 다름없다.

정하얀의 허리에 손을 올리며 슬쩍 뒤를 바라보자 다시 한 번 눈이 마주친다.

히죽거리는 미소.

놈에게는 참기 힘든 일일 것이다.

"달콤하네."

"네?"

"아무것도 아니야, 하얀아."

"네."

부들부들 떨고 있는 놈을 볼 수 있다. 애초에 자제력이 있는 놈이었다면 쉼터에서도 그딴 일을 벌이지 않았을 것은 너무나도 당연한 일.

정진호 혼자였으면 오히려 더 까다로웠을 뻔했다.

검을 꽉 쥐는 것을 보니 당장에라도 나를 검으로 쑤시고 싶은 것처럼 보였지만 일단은 참고 있는 모습에 칭찬을 칭찬한다.

자극이 조금 부족했던 건지, 아니면 기회를 보이고 있는 건지는 모르겠지만 필요한 것은 아마 둘 다일 것이다.

다시 한번 뒤를 돌아보며 정하얀의 허리를 붙잡았을 때였다.

"키에에에에엑!"

"전투 준비합니다."

타이밍 좋게 좋은 기회가 찾아온다.

나는 힘없는 표정으로 창을 들어 올렸고 정하얀 역시 잠깐 떨어져 주문을 외우기 시작.

박덕구와 정진호, 김현성은 전방에 시선을 집중하고 있다.

"푸흐흐흐훗."

놈에게만 들릴 만한 목소리로 작게 중얼거린다.

"부러울 거야. 그렇지?"

"이…….."

"정말 부드럽더라. 우리 하얀이."

입꼬리를 올리고 계속해서 히죽거리는 얼굴을 멈추지 않는다.

"숫자는 다섯. 전투 준비 하겠습니다! 최대한 빠르게!"

"이 개새끼야!"

놈이 검을 들어 올리는 것은 순식간. 정확하게 배를 향해 들어오고 있는 칼날을 보곤 도망가야 하는지 고민했지만.

'맞는 게 나아.'

살 수 있다.

정하얀이 가지고 있는 치유 반지라면 이런 검상쯤은 회복할 수 있을 것이다.

푸욱!

소름끼치는 느낌이 전해져 오기 시작.

"아아아아아아악!"

얼굴을 맞은 것과는 비교도 되지 않는 고통을 느꼈다.

불에 덴 것처럼 뜨거워지는 고통 때문에 나도 모르게 비명이 터져 나왔다.

순식간에 모두의 시선이 집중되는 것은 당연지사.

정진호나 김재준은 영문을 모르겠다는 표정. 그렇지만 뭔가 사건이 터졌다는 것을 이해하고 있다.

유석우가 나를 찔렀다.

정진호가 유석우를 미친놈 취급하며 버리는 것은 아닌지 걱정되기는 했지만.

놈이 커다랗게 외친 소리에 내 걱정이 쓸데없는 걱정이라는 것을 깨달을 수밖에 없었다.

"제…… 제가! 해냈습니다! 진호 형님! 재준 형님! 이 개새끼를 해치웠습니다!"

사천왕 중 최약체를 잘라낸 것 치고는 너무나도 위풍당당한 목소리. 정진호가 가지고 있었던 패 중, 적어도 하나는 완벽한 지뢰였다.

정진호 녀석의 입장에서는 어이가 대문을 박차고 가출한 정도의 수준일 것이다.

"무, 무슨 개소리를…… 하시는 겁니까? 석우 씨."

"제가 해냈습니다! 이 개, 개새끼를! 찔렀다고요! 형님!"

"이 미친 자식이!"

잠깐 동안 시끄러워진 공간.

정진호는 곧바로 검을 빼들었다.

당연하지만 나는 그게 우리를 공격하려고 하는 의도가 아니라고 생각했다.

'죽이려는 거야.'

유석우를 죽이고 이 상황을 수습하려는지도 모른다.

일단 죽여 입을 막고 사태를 나중에 정리하려는 것이 틀림없다. 지금 정진호가 선택할 수 있는 건 그 정도밖에 없으니까.

이런 곳에서 우리 팀과 함께 드잡이를 하기 싫은 것은 분명하다.

만약에 검에 찔린 것이 김현성이나 박덕구라면 승산이 있을지도 모르겠지만 아쉽게도 검에 찔린 것은 최약체 이기영이다.

'죽이게 하면 안 돼.'

반사적으로 김현성을 바라봤을 때 녀석 역시 빠르게 자리를 옮기는 것이 보였다.

상황파악 능력이 현저히 떨어지는 것처럼 보이는 정진호의 똘마니 김재준은 정진호가 뛰쳐나간 걸 전투의 신호로 받아들였는지 단검을 들고 이쪽으로 달려오기 시작.

"이 거지 같은 쓰레기가! 네가 죽였어! 네가 기철이를 죽였다고!"

물론 이기철은 내가 죽였다.

그렇다고는 해도 옆에 있는 덕구를 가만히 내버려 두고 이쪽에 달려올 거라고는 상상도 못 했다.

아무래도 공략을 진행하는 동안 이 파티의 공식적인 인기인이 된 모양.

후방에서 안전하게 보호받아야 할 내가 순식간에 메인 탱커가 되어버린 것이다.

예상하지 못했던 것은 박덕구의 상황 판단 능력이 조금 느렸다는 것. 적어도 두 번째 공격은 막아줄 거라 생각했지만 김재준이 단검을 치켜들고 달려드는 것을 막지 못했다.

'제길.'

정확히 목을 노리고 들어오는 느낌에 반사적으로 몸을 웅크리니 등에 단검이 내리 꽂혔다.

'아파!'

"아아아아악!"

아프다.

박덕구가 정신을 차린 것은 두 번째 공격이 내리 꽂힌 직후. 커다란 방패로 놈을 밀치는 것은 물론, 창백하게 굳은 얼굴로 내 앞을 가로막기 시작했다.

뒤에 있는 유석우는 갑작스러운 상황에 조금 어안이 벙벙한 모습.

심지어 나를 찌른 검을 잡고 부들부들 몸을 떨고 있다.

녀석 역시 누군가를 찌른다는 것에 익숙하지 않은 것이다.

떨거지보다 더 중요한 것은 당연히 정진호와 김현성.

"오해입니……."

라는 목소리가 나오기도 전에 둘의 검이 부딪쳤다.

'됐다.'

쾅 하는 소리가 들려오는 순간 정진호가 저 멀리 떨어져 나가는 게 시야에 비친다.

전투는 이미 시작됐다.

시나리오는 완성됐고 둘을 무대에 올렸다.

남은 것은 이 사태를 수습하는 것뿐이다.

어서 치료해 달라고 하고 싶지만 말이 나오지 않는 것이 문제. 생전 처음 느껴보는 격통에 비명 말고는 아무런 목소리도 나오지 않는다.

치유 마법을 받을 거라는 생각과 다르게 들려온 것은 정하얀의 비명.

"싫어어어어어!"

'아파…….'

"이놈들이! 형님!"

"싫어어어어! 싫어어어어어!"

비명을 지를 시간에 제발 치료해 줬으면 좋겠다.

너무나도 급박하게 굴러가는 상황에 나 역시 정신을 차릴 수가 없을 지경. 앞에서는 괴물들이 달려들고 있었고 정진호와 김현성은 검을 부딪치고 있다.

박덕구는 앞을 막아야 하는지 유석우가 있는 뒤를 막아야 하는지 갈피를 못 찾는 것 같다. 그러나 일단은 쓰러져 있는 나를 최대한 보호하려는 모습이다.

"형님! 형님!"

"아직 안 뒈졌어……."

"누님! 반지! 반지! 반지 빨리 외우쇼! 반지!"

"아아아아아아아! 오빠! 오빠! 오빠!"

"진정하고 반지! 반지!"

"아!"

정하얀이 패닉할 거라는 것은 예상했지만 생각보다 사태가 조금 더 심각해 보였다.

박덕구가 정하얀의 손을 꽉 붙든 이후에야 정하얀은 자신에게 뭐가 있는지 생각난 모양이다.

"치…… 치유! 치유!"

나에게 쏟아져 내리는 빛.

순식간에 몸이 회복되는 것은 아니지만 묘하게 기분 좋은 빛이 확실하게 내 상처를 치료하고 있었다.

고통은 여전하다. 그러나 울컥 울컥하고 상처 부위에서 혈액이 나오는 감각은 없다.

'죽을 뻔했다.'

조금만 더 늦었어도 아마 죽었을 수도 있었을 것이다.

"오빠. 오빠. 오빠."

"형, 형님!"

"괜찮…… 아."

조금은 가벼워진 몸으로 다시 한번 주변을 살펴본다.

말도 없이 검을 부딪치고 있는 김현성과 정진호.

누가 봐도 김현성이 몇 수는 위다.

당연히 놈의 변명 따위는 들리지 않을 것이다.

결국에 우리의 메인 빌런은 유석우와 김재준을 버리고 등을 돌려 이곳을 벗어나기 시작했다.

잠깐 동안 이쪽을 바라보던 김현성은 고개를 끄덕이며 급하게 말을 이었다.

"덕구 씨! 하얀 씨와 기영 씨를 부탁드립니다. 저는 정진호를……."

"아, 알겠소!"

우리가 상황을 정리할 능력이 있을 거라고 판단한 것이다.

높은 민첩 수치를 가지고 있는 둘인 만큼, 이쪽의 시야에서 사라지는 것은 순식간.

김재준도 상황이 꼬였다는 것을 이해했는지 곧바로 몸을 빼려는 것 같았지만 녀석 역시 유석우를 데리고 가지는 않았다.

상황이 이렇게 되면 괴물을 막아야 하는 건 박덕구 쪽.

"이 잡놈들이!"

다시 한번 유석우가 검을 휘둘러 오는 것이 보인다.

물론 이번에는 공격에 맞지 않았다.

박덕구가 방패로 놈을 후려쳤으니까.

퍽!

유석우의 몸이 공중으로 붕 떠 벽에 처박혔지만 동시에 괴물 새끼들이 이곳에 달려들었다.

"마력 방패!"

김현성이 준비해 준 두 번째 보험이 놈들의 길을 막는다.

동시에 주문을 외우는 것은 순식간.

김재준과 정진호는 이미 시야에서 사라졌지만 김현성이라면 둘 다 잡아낼 수 있다.

아니.

"혀, 형님 누님이 없어졌……."

김재준은 정하얀이 잡아줄 것이다.

"걱정하지 마라, 덕구야. 일단 눈앞에 있는 괴물 새끼들부터 처리하고 곧바로 따라갈 테니까. 어디로 갔는지 알고 있다."

"그러면 다행이지만……."

언제 어떻게 사라졌는지는 나 역시 보지 못했다.

그새 주문을 외우고 김재준을 따라 나선 것이다.

민첩 수치가 높은 녀석을 따라 잡을 수 있을지 없을지는 모르겠지만 이쪽도 모를 정도로 서두른 것을 보면 아마 자신의 문제를 해결하고 돌아올 것이다.

예상하지 못했던 상황을 맞닥뜨린 탓인지 박덕구의 얼굴

역시 눈물로 범벅이다.

　내가 쓰러져 피를 흘리는 모습이 꽤나 충격적으로 보였던 모양인 것 같아 녀석을 바라보며 입을 열었다.

　"울지 마, 돼지 새끼야."

　"누, 누가 울었다는 거요?"

　멍 때리던 녀석 덕분에 몸에 단검이 한 번 더 박히기는 했지만 나쁜 기분은 아니었다.

　'제기랄.'

　뭐가 어떻게 돌아간 건지 이해하기 힘든 상황.

　'유석우 멍청한 놈. 쓰레기 같은 놈.'

　놈을 받아들이는 것이 아니었다. 아니, 사실 유석우만 멍청했던 게 아니다. 정진호가 검을 뽑은 걸 공격 신호로 받아들이고 냅다 단검을 꽂아버린 자신 역시 마찬가지.

　조금 더 냉정했어야 했다.

　오랫동안 함께 움직였던 친우인 이기철.

　이기영 그 때려죽일 개자식이 친구를 죽였다는 생각 때문에 냉정을 찾지 못했다.

　'계획은 취소라는 걸 알고 있었는데…….'

말로는 미안하다 말하면서도 미소를 보이거나 이빨을 보이는 녀석 때문이었다.

자제해야 된다는 사실을 알고 있었으면서도 참지 못했다.

그 표정, 그 표정이 문제였다.

비웃는 것 같은 그 표정.

대놓고 도발하는 그 표정.

속으로 얕잡아 보는 듯한 놈의 눈빛과 미소가 문제였다.

안 그래도 화가 머리끝까지 올라간 상황에서 배에 검을 맞은 녀석을 발견했다. 그 상황에서도 묘하게 즐겁다는 듯한 놈의 얼굴을 발견한 순간, 이성을 유지할 수가 없었다.

정진호 개자식 역시 문제.

애초에 녀석과 동료애 따위는 없다고 생각했지만 그래도 이토록 헌신짝 버리듯이 버릴 거라고는 생각하지 못했다.

'상관없어.'

그렇지만 그건 이제는 상관없는 이야기.

어차피 녀석과는 필요에 의해서 만나던 사이다. 놈이 자신을 이용한 만큼, 자신도 녀석을 이용하면 된다. 간단한 이야기다.

'일단.'

일단은 이곳에서 벗어난다.

정진호는 방금 상황에선 승산이 없다고 판단했다.

길에 눈이 밝은 만큼 정진호가 도망간 길을 충분히 따라갈 수 있다.

지금도 놈이 도망간 흔적이 확실히 눈에 비친다. 정진호를 따라나선 김현성을 함께 처리하고 이번에는 조금 더 확실하게 뒤를 친다.

이기영 그 개자식을 찢어 죽이지 않고서는 분이 풀리지 않을 것 같았다.

활과 화살을 챙기며 최대한 빠르게 움직이려고 했던 바로 그때였다.

'뭐야.'

외워놓았던 길과 다르다. 알고 있는 길이 아니다.

궁수로 전직을 한 이후에 이런 경우는 또 처음.

뭔가 던전 자체에 문제가 있는지 궁금했지만 틀림없이 그건 아니었다.

정진호와 김현성의 흔적 역시 한쪽 벽면을 마지막으로 끊겨 있는 상황이다.

"뭐야……."

살짝 주변을 두리번거렸을 때 정체를 알 수 없는 바람이 불어오는 것이 느껴졌다.

"어……."

한쪽 다리가 떨어져 나간 것을 느낀 것은 조금의 시간이 지난 이후.

"아아아아아아악!"

'뭐야. 이게 뭐야⋯⋯. 뭐야!'

제대로 된 판단을 할 수가 없다.

갑자기 어디에선가 바람이 불어온 이후에 다리 한쪽이 떨어져 나갔다. 무엇에 당했는지도 알 수 없는 상황에서 공포에 질리지 않을 사람은 없을 것이다.

"아아아아아아아악!"

다시 한번 바람이 불어온 이후에는 손목이 잘린다.

"뭐야! 뭐야아아아아악!"

머릿속에 떠오르는 것은 마법의 존재.

다시 한번 필사적으로 주위를 두리번거렸을 때 어둠 속에서 살짝 모습을 드러내는 여자가 시야에 비쳤다. 처음 보는 사람이라 생각했지만 자세히 보니.

'정하얀?'

무척이나 붉어진 얼굴.

'눈이⋯⋯.'

눈이 이상하다. 머리는 산발이 되어 있고, 입고 있던 옷도 엉망이다. 흐르는 눈물을 손으로 쓱쓱 닦고 있는 모습이 시야에 비친다.

"당신한테는 사⋯⋯ 사과하지 않아요."

"뭐⋯⋯."

"절대로 용서 못 해. 이…… 멍청이! 주, 죽여야 해요. 오빠한테 해를 끼치는 인간은 모두 죽여야 해."

"무슨 개소리…… 아아아아아악!"

"이, 입 다물어요! 그 입 다물란 말이야! 이…… 이 바보가! 얼마나 아팠을까. 우리 오빠……. 히끅. 얼마나 아팠을까요. 처음에 맞았을 때도…… 분명히 아팠을 거예요."

상황을 파악할 수 있었다.

눈앞에 서 있는 저 여자는 정상이 아니다.

'시발. 시발.'

잘못 걸렸다는 것을 깨달은 것은 순식간.

이기영 그 개자식에게 이상하게 집착하는 것 같긴 했어도 이 정도로 미친년일 줄은 상상도 못 했다.

주문을 속삭이는 소리가 들려온다.

몸이 먼저 불길함을 감지한 것은 당연지사.

어떻게든 기어서 이 상황을 빠져나가고 싶었지만 빠져 나갈 수 있을 리가 없다. 엉금엉금 기어서 도망치기에는 이곳이 너무 넓다.

힘없는 여자의 팔이 머리카락을 잡아 얼굴을 들어 올렸다.

"시, 시간이 없으니까 빨리 끝내야 되는 게 너무 아쉬워요. 우리 오빠가…… 우리 오빠가 당한 걸 몇 십 배로 돌려줘야 되는데. 그렇게 할 수는 없으니까. 히끅."

"살려줘. 나는…… 나는 시키는 대로 했을 뿐이야."

"거짓말쟁이 말은 안 믿어요. 공기 폭탄."

오른손에 들려 있는 것은 전에도 한 번 본 적이 있는 마법이다.

여러 괴물을 피 떡으로 만든 마법.

사람 머리통만 했던 그때와는 다르게 이번에 보이는 것은 아주 작은 크기. 뭘 하려는 건지 이해가 되지 않았을 때, 다시 한번 미친 여자의 목소리가 들려왔다.

"입 벌려요."

"뭐…… 뭔……."

"아…… 하시라고요. 다, 당신도 똑같이 느껴봐야 해요. 우리 오빠가 얼마나 아팠는지 당신도 느껴봐야 해요."

저도 모르게 입을 꽉 다물게 된다. 저딴 게 입 안으로 들어왔다가는 어떻게 될지 상상하기도 힘들다.

그렇지만 턱을 억지로 벌리는 미친년은 결국에는 작은 폭탄을 내 입안으로 집어넣었다. 원하지 않은 이물질이 들어오는 느낌에는 정신을 차릴 수가 없었다.

식은땀은 계속해서 흘러나왔고 괜스레 몸이 벌벌 떨려온다.

이후에 일어난 일을 상상하기도 전에 뇌를 뒤흔드는 폭발이 일었다.

쾅!

"우워아에에에에엑!"

입안에서 이가 터지며 그 파편이 혓바닥과 목, 입천장에 박혔다.

무슨 일이 일어났는지 이해하기 힘들다.

한 가지 확실한 것은 고통 때문에 뇌가 녹아버릴 것 같았다는 것.

"아프죠? 당신도 아프잖아요. 그런데 왜…… 그러셨어요."

'미친년. 미친년. 미친년.'

"피 튀었잖아요, 멍청이."

"살여져……. 웨에으으엑. 살……."

심지어 자신의 겉모습을 단정히 하고 있는 모습은 뭔가 괴기스럽다. 산발이 된 머리를 차분히 정리하고 얼굴에 튄 피를 소매로 슥슥 닦는다.

"빨리 끝내야 되니까…… 이게 마지막이에요. 다음부터는 그러면 안 돼요."

제발 이러지 말아 달라고.

제발 살려달라고 머릿속으로 떠올린다.

공포심 때문에 말이 제대로 나오지는 않았지만 의식은 점점 흐려지는 중.

어떻게든 살고 싶다는 생각을 하며 정신을 붙잡았을 때, 마지막일 것 같은 목소리가 울려 퍼졌다.

"아…… 죽어버렸다."

"울지 마, 돼지 새끼야."

"누, 누가 울었다는 거요?"

멍 때리던 녀석 덕분에 몸에 단검이 한 번 더 박히기는 했지만 나쁜 기분은 아니었다.

그렇지만 죽을 뻔했다는 것은 부정할 수 없는 사실.

생각해 보면 더욱더 황당하다. 정말로 어처구니없게 죽을 뻔했다.

내 시나리오대로라면 박덕구는 두 번째 공격이 닿기 전에 김재준을 막았어야 했고 정하얀은 소리를 지르기 전에 일단 치유의 반지에 마력을 집어넣었어야 했다.

실제로 피를 너무 흘려 정신이 희미해질 때까지 갔으니 운이 좋았다고 말할 수 있다.

내 계산이 아주 작은 요소에도 망가질 수 있다는 걸 깨달은 순간이기도 했고, 함부로 주사위를 던지면 안 된다는 걸 깨닫기도 했다.

'필요할 때는 던져야 된다고 생각하는 편이지만……'

주사위를 던지기 전에 더욱 철저히 준비해야 함을 실감한 것이다.

아쉽기는 했지만 어쩔 수는 없는 노릇.

당장 나조차도 갑작스러운 상황에 공황을 일으킨다.

순진한 박덕구나 마음 약한 정하얀이 이런 모습을 보이는 것은 어찌 보면 당연한 반응이라고 할 수 있으리라.

어쩌면 겨우 이 정도로 끝났다는 것만으로도 감사해야 할지도 모른다. 아직 이곳은 튜토리얼이고 게임에 비유하자면 우린 아직 초보자인 셈.

아마 정하얀과 박덕구의 문제는 시간이 해결해 줄 것이다.

"형님, 저는……."

"일단은 유석우를 붙들고 있으면 될 것 같다."

"끄응. 괜찮겠소?"

대충 고개를 끄덕인다.

무려 희귀 등급의 아이템 마력 방패의 반지가 나를 지켜주고 있다.

마음의 눈으로 확인했을 때 지금 이 마력 방패의 마력을 뚫을 수 있는 놈은 없다고 판단했다.

갑작스레 김현성에게 고마워졌다.

내가 생각보다 아이템 효과가 좋다.

'마력 방패.'

"키에에에에에엑!"

반투명한 막을 계속해서 두드리는 괴물들이 보이긴 했지만 굳이 무섭진 않다.

주문을 외우고 마력의 탑을 쌓는다.

"주여, 나, 바라노니, 내 목소리에, 답해, 적들을 태울, 힘을."

"……."

"화염구."

머리가 살짝 어지럽다.

마력에는 조금 여유가 있는 상황이나 아마 출혈 때문일 것이다. 상처는 아물었지만 대미지는 아직 남아 있는 느낌이었으니까.

주문을 외우자 커다란 불덩이가 생겼고 마력 방패를 해체시키며 그대로 손을 뻗으니 굉음과 함께 놈들이 폭발에 휘말렸다.

쾅!

완벽하게 직격이었지만 혹시 살아남은 놈들이 있을까 싶어 내 앞을 막아주는 박덕구.

틀림없이 전멸이다.

"후우……."

"모, 몸은 괜찮은 거요?"

"괜찮다니까."

조금 어지럽기는 하지만 문제는 없다. 오히려 무척 상쾌한 기분이다. 죽다 살아나기도 했고 상황이 꽤나 아름답게 돌아가고 있기 때문이다.

정진호는 김현성이 죽여줄 것이고 김재준은 정하얀에게 붙들려 행복한 시간을 보내고 있을 것이다.

문제가 되는 것은 유석우를 어떻게 하느냐에 대한 것.

아예 생각해 둔 것이 없는 것은 아니다.

그렇지만 일단 제압해야 한다는 생각이 든 것도 당연지사.

박덕구도 바보가 아닌지 녀석을 꽁꽁 묶기 시작했다.

그래봤자 허술한 가죽 끈이었지만 없는 것보다는 나을 것이다. 아니, 애초에 놈의 근력으로는 저런 가죽 끈도 끊을 수 없다.

"이거 놔! 이거 못 놔?"

뒤늦게 정신을 차렸는지 저항하고 있기는 했지만 반전 따위는 일어나지 않는다. 놈은 바닥에 깔린 채 버둥댔고 박덕구는 힘으로 녀석을 누르고 있다.

"개자식!"

"이기영 너, 이 쥐새끼! 당장 이거 못 풀어!?"

"병신."

"형님들이 다시 와줄 거다. 김현성 그 개자식을 해치운 다음에 돌아와 네놈들의 목에 칼을 쑤셔 넣을 거야. 네놈들은 틀림없이 살려달라고……."

마음대로 떠들고 있지만 기가차서 말도 나오지 않는다. 놈의 뇌내망상 세계는 내 생각보다 깊다.

"푸핫."

"웃어? 이게 웃겨? 그렇게 계속 웃을 수 있을 것 같아? 이기영! 그리고 옆에 있는 돼지도…… 정하얀 그년도 용서 못 하지. 절대로. 나를 선택하지 않은 걸 후회하게 만들어 줄 거다. 매일 매일……."

"뭐라고?"

"이……."

"잘 안 들리는데?"

최대한 얄미운 표정을 짓는 것은 당연지사.

슬쩍 손을 귀로 가져다 대고 얼굴을 내밀며 입꼬리를 올리자 분노로 게거품을 무는 놈의 얼굴이 시야에 비쳤다.

"이…… 이 이기영, 이 쓰레기가!"

저렇게 흥분한 모습을 보는 건 언제나 즐겁다.

"꽤나 자신이 있나 봐."

"뭐……."

"네가 사랑하는 형님들, 어떻게 봐도 널 버리고 도망친 것처럼 보이는데 말이야."

"뭐?"

"정진호한테 혹시 언질 못 받았어? 이기철이 죽는 시점부터 계획은 여기서 취소라고. 아니, 조금 더 상황을 지켜보는 게 낫겠다는 이야기가 나왔을 수도 있겠네."

"뭐?"

황당하다는 얼굴이 눈에 들어온다.

네가 그걸 어떻게 알고 있냐는 반응이다.

내가 무척이나 바랐던 장면이다.

사실 내가 가지고 있는 '마음의 눈'이나 김현성의 반응이 없었다면 이런 사실을 알고 있을 리가 없다.

'조금 느낌이 구린 집단과 함께 움직이는구나'라고 생각하는 게 고작이었을 것이다.

내 말이 맞았는지 틀렸는지도 별로 관심이 없다. 놈의 표정을 보니 어느 정도 맞아 떨어진 것 같지만, 이제는 별로 상관없는 이야기다.

당연하지만 놈에게 이쪽의 사정을 설명해 줄 이유도 없다.

"뭐…… 뭔 소리."

"병신."

자꾸만 웃음이 새어나온다.

이런 게 너무 재미있다.

이런 멍청한 놈들이 인형이나 장기말처럼 움직여주는 이 순간이 말이다. 정진호가 보험이라고 생각한 패가 이런 병신이라 정말로 다행이다.

"무슨 소리일까."

"그게 뭔 소리야……."

굳이 설명을 해주지는 않는다. 대신 무척이나 즐거운 미소를 내보냈다.

바보가 아니라면 알 수 있을 것이다.

멍한 표정으로 나를 바라보는 놈이 시야에 비쳤다.

아마 주마등처럼 지나가고 있을지도 모른다.

이쪽이 먼저 던전 공략을 제안한 것부터 처음 몬스터 웨이브를 막았을 때의 마법, 조금은 황당했던 이기철의 죽음. 심지어는 내가 자신을 도발했다는 것까지 모든 게 잘 만들어진 연극이라는 걸 깨닫고 있는 중인지도 모른다.

멍청한 놈도 이제는 어째서 내가 대놓고 정하얀을 만지작거렸는지 추측하고 있을 것이다.

굳이 놈을 비웃으며 정하얀과 즐거운 시간을 보낼 이유가 없지 않은가.

모든 게 자신을 노리고 들어온 보잘 것 없는 함정.

아마 그 함정에 걸려들었다는 사실조차 믿기지 않을 것이다. 아무리 인간이 스스로의 감정을 컨트롤하는 데 서툴다지만 놈의 경우에는 조금 더 했으니까.

박덕구는 깜짝 놀란 표정으로 나를 바라보고 있었지만 굳이 다른 설명을 추가하지는 않았다.

미친 것처럼 날뛰기 시작한 놈의 얼굴이 시야에 비쳤기 때문이다.

"이, 이기영, 이 쓰레기가! 이 쓰레기 같은 놈!"

애초에 놈이 형님들을 기다린다는 것도 웃어넘길 수 있는 일.

정진호는 전력이 부족하다고 판단해서 유석우를 영입했고 변수를 만들기 위해 던전에 함께 내려왔다.

결론부터 말하자면 놈이 자신의 화를 이기지 못하고 일을 저지른 것에 불과하다.

조금만 냉정히 생각해 봐도 알 수 있는 것이 당연하다.

유석우 역시 자신이 실수했다는 걸 깨달았을 것이다.

"이…… 이!"

"고맙다, 석우야. 너한테는 고마운 게 많아."

실실 비웃는 웃음을 보내자 상황파악 못 하고 이쪽으로 달려들려고 하는 모습이 보인다. 이미 손과 발이 묶여 있는 상황이라 딱히 무섭지는 않았지만 조금 보기 안 좋은 장면에는 슬쩍 얼굴을 찌푸렸다.

"죽여 버릴 거야! 죽여 버릴 거야!"

"그건 내가 할 수 있는 말이야."

놈을 살릴지 말지, 선택권을 가지고 있는 것은 바로 나.

"뭐?"

"나는 착한 사람이 아니야. 물론 사람을 죽이는 게 조금 꺼림칙하긴 하지만…… 이런 곳에 떨어진 것을 보니 한 번쯤은 경험이 필요한 것 같다는 생각이 든다. 그래. 경험."

"그게……."

"남한테 떠맡기는 걸 좋아하는 편이지만 언제까지 남의 손을 빌릴 수는 없는 노릇이고. 원래 죄라는 건 같이 나누는 편이 더 좋은 법이거든."

"이…… 이…… 넌 미쳤어."

"너도 마찬가지잖아. 상황이 조금만 더 꼬였어도 여기 누워 있는 건 나였을 거다. 어쩌면 하얀이나 덕구가 됐을 수도 있겠지."

살짝 손에 쥔 창을 들어올렸다.

"혀, 형님."

나는 물론이고 박덕구 역시 살인을 해본 적은 없다.

조금은 당황한 목소리.

말리지는 않았지만 진짜로 할 거냐고 물어보는 것만 같다.

아마 녀석이 날 만류했다면 난 여기서 그만뒀을지도 모른다. 그만큼 이 일을 실행하기가 쉽지가 않다.

당연하지만 창을 든 손이 후들후들 떨린다.

사람을 죽여야 한다는 두려움 때문이다.

이미 마음을 먹기는 했지만 그럼에도 불구하고 실행하기에는 꽤나 어렵다.

성격이 조금 비틀린 정하얀이나 사람을 수도 없이 많이 죽여 온 김현성과 나는 다르다.

평범한 일반인이고 소시민이다.

솔직히 말해 아직 내키지 않는다.

그렇지만.

'선택.'

어차피 경험할 일이라면 지금 이곳에서 경험하는 게 가장 합리적이라 생각했다.

"사, 살려줘."

"미안."

창을 든 손에 힘이 들어간다.

"보기 싫으면 눈 감아라, 덕구야."

굳이 박덕구의 표정을 살피지는 않았다. 아마 박덕구는 눈을 감아버렸을 거라고 생각했다.

"사…… 살려!"

푸욱 하는 소리와 함께 창이 놈의 목으로 빨려 들어가는 것은 순식간. 기분 나쁜 감촉이 그대로 전해진다.

"켁."

창을 붙잡고 발버둥 치는 놈의 모습이 눈에 들어온다. 고개를 돌리고 싶지만 부정하면 안 된다는 사실을 알고 있다.

내가 당긴 방아쇠고, 내가 쏘아 보낸 총알이다.

팔과 다리가 계속해서 부들부들 떨린다. 사람이 죽는 걸 처음 본 것은 아니지만 내가 직접 손을 쓴 것은 처음이다.

'박혜영 때와 똑같다고 보면 돼.'

그들 역시 내가 죽인 것이다. 아니, 사실상 내가 죽인 거다.

스타트 포인트에서 처음 본 그 여자 역시 따지고 보면 내가 죽였을지도 모른다.

그녀의 도움을 외면했으니까.

이제 와서 당황할 필요도 이유도 없다. 그때처럼 담담하게 상황을 받아들이면 된다. 어쩔 수 없었다고 필요한 일이라고 자위하며 말이다.

한 생명이 조용히 죽어가는 걸 본다는 건 쉽지 않은 일이지만…….

"주여……."

"켁……. 살려……."

"미안."

놈의 얼굴이 고통으로 일그러진다. 계속해서 바람 빠진 목소리가 튀어나왔고 울컥 울컥 뱉어내는 피는 눈을 감고 싶을 정도였다.

시간이 흐를수록 녀석의 얼굴은 조금씩 편안해졌다.

"살려…… 엄…… 마…….'

결국에 이쪽을 바라본 녀석이 조용해짐과 동시에 조용히 침묵이 내려앉았다.

"내가 하면…… 너는 더 잘할 수 있다."

박덕구와 처음 사냥을 해서 괴물을 잡았을 때와 같은 대사.

처음과는 다르게 이번에는 대답이 들려오지 않았다. 대신 조금은 엉뚱한 목소리가 들려왔다. 아마 박덕구의 입장에서는 말을 돌리기 위한 나름의 화술이었을 것이다.

"형님……."

"……."

"기독교였소?"

상황에 어울리지 않는 황당한 질문, 나는 피식 웃으며 놈의 말을 이었다.

"신 같은 건 없어."

[새로운 직업이 개방되었습니다. 필요하다고 생각하는 직업을 선택해 주세요.]

"봐봐. 있을 리가 없지."

그런 것.

있을 리가 없다.

8장
새로운 직업, 새로운 환경

조금 뜬금없는 타이밍이라고 생각했지만 지금까지 경험치가 축적되고 있었을 테니 그리 이상한 일도 아니다.

첫 번째 직업을 얻은 이후로 김현성과 함께 다니면서 많은 수의 괴물을 처리하기도 했고 이곳에 들어온 이후에도 놈들을 쉬지 않고 때려잡았다.

어쩌면 오히려 조금 더딘 게 아닌가 생각이 들 정도였다.

조금 재미있었던 사실은 유석우를 죽인 이후에 새로운 직업이 열렸다는 것.

'인간을 죽여도.'

경험치는 오른다.

아마 그뿐만은 아닐 것이다.

모든 행동이 경험치로 환원되고 있을 확률이 높다.

기여도나 막타 같은 것을 수치화하고 있는 것이다. 물론 제대로 된 데이터를 얻기는 힘들겠지만 쉼터에 있는 인원도 스탯이 오르는 걸 본 적이 있다.

여러 가지 방향이나 마법에 대한 사고는 지력을 올려주고 마력을 사용하는 것은 마력을 올려준다.

체력이나 민첩 같은 모든 스탯이 마찬가지다.

아마 이 직업 역시 비슷할 거라고 생각했다.

[개방된 직업을 열람합니다.]

[소환사-희귀 등급]

[마창사-희귀 등급]

[흑마법사-희귀 등급]

[연금술사-희귀 등급]

[화염마법사-희귀 등급]

'선택지가 많아.'

혹시나 사기꾼 같은 직업 같은 게 있으면 어떡하나 조금 걱정했었는데 그렇지는 않은 모양.

오히려 무척이나 다행이다.

모든 직업이 희귀 등급이라는 것에 일단 점수를 주고 싶은 심정.

자세히 훑어보지는 않았지만 일단 나쁜 직업은 없어 보인다. 무엇보다 지휘관이 없는 게 가장 다행스러운 부분이다. 당연히 그럴 리는 없겠지만 혹시라도 내 전직 정보를 알아낸 박덕구가 다시 한번 지휘관 앵무새가 되는 건 아닌지 걱정했기 때문이다.

말은 안 했지만 그 당시에도 의외로 호소력 있는 덕구 녀석의 말 덕분에 세 번 정도는 고민했었다.

사실 아직까지 지휘관을 선택했으면 어땠을까, 고민했을 정도다.

이제는 지휘관의 주박에서 완전히 벗어났다는 사실이 조금 고마웠다.

계속해서 상태창을 볼 수는 없는 노릇이기 때문에 일단은 대충 한 번 훑어볼 수밖에 없었다.

슬쩍 상태창을 바라보자 여러 가지 정보들이 쏟아졌다.

[소환사─희귀 등급]

[소환사는 앞서서 싸우는 직업이 아닙니다. 소환한 사역마나 정령, 혹은 환수 계약을 통해 싸우는 직업군입니다. 이후에는 테이머, 정령사, 환수소환사 같은 소환 관련 직군으로 전직할 수 있습니다. 체력이 1, 지력 1, 마력이 2 올라갑니다.]

'나쁘지 않아.'

소환사 같은 경우에는 정말로 마음에 든다. 나를 대신해 앞으로 나가 싸워주는 환수나 정령의 존재가 있다는 점이 그렇다.

보통 소설이나 게임 속에서 나오는 친화력이라는 재능이 나에게 있는지 없는지는 모르겠지만 소환사가 직업으로 나온 것을 보니 내 성향과도 잘 맞는다고 생각한 것 같았다.

[마창사–희귀 등급]

[마법과 창을 동시에 사용하는 중거리 직군입니다. 전장의 중심을 잡아주는 마창사는 마법과 창을 동시에 활용해 대, 소규모 전투에서 직접적으로 영향을 미치는 직업입니다. 창과 마법에 대한 중급 지식을 습득합니다. 이후에 전직할 수 있는 직업군은 알려지지 않았습니다. 민첩이 2, 마력이 2 올라갑니다.]

[흑마법사–희귀 등급]

[흑마법을 사용할 수 있는 원거리 직업입니다. 흑마법은 기존에 가지고 있는 마법 상식을 완전히 뒤집는 새로운 차원의 마법입니다. 악마에게 힘을 빌려온다는 개념 때문에 일부 종교 집단에서는 흑마법에 강한 반발을 느끼기는 하지만 그 파괴력만큼은 다른 직업군에 비해 압도적으로 높습니다. 기초 흑마법 지식을 습득합니다. 마력이 4 올라갑니다.]

마창사는 일단은 패스.

위로 올라가면 올라갈수록 내가 할 수 있는 일은 적어질 것이다. 미약한 근력이나 민첩으로 창을 휘둘러봤자 효율이 나올 리 없다.

그렇지만 흑마법사의 경우에는 조금 다르다. 마력이 4나 오른다는 점이 일단 탐이 나기도 하고 기존의 마법 상식을 뒤집는다는 것 또한 그렇다.

"으음."

그렇지만 종교 집단에게 반발을 느끼게 한다는 게 조금은 고민되는 부분이다.

만약 튜토리얼이 끝난 뒤 내가 갈 곳이 중세를 기반으로 한 판타지 세계라면 아마 미친 종교 집단이 눈에 불을 켜고 나를 쫓을 것이다.

가장 안전해야 할 내가 그런 상황에 처하는 것은 역시나 사양이다.

[연금술사-희귀 등급]

[연금술사는 기본적으로 마법 화학에 대해 연구하고 공부하는 직군입니다. 이들은 마도와 마법 그리고 마력에 대해 항상 새로운 방향과 발전을 모색합니다. 호문클루스 연금 지식과 연금술에 관한 기초 지식을 습득합니다. 이후에는 약물 제조사, 연금 마법사, 호문

클루스 전문가 등으로 전직할 수 있습니다. 지력이 2, 마력이 2 올라갑니다.]

[화염 마법사–희귀 등급]

[모든 종류의 속성 마법사 중에서도 화염 마법사의 파괴력은 강력합니다. 강한 화력을 바탕으로 아군을 지원하는 원거리 직군입니다. 소비 마력이 많지만 상상을 초월하는 화력으로 적도 아군도 깜짝 놀라게 할 것입니다. 이후에는 폭렬 마법사, 폭탄 마법 전문가 등으로 전직할 수 있습니다. 마력이 5 올라갑니다.]

당연하지만 화염 마법 전문가는 무조건 패스.

물론 생각해 볼 여지가 아예 없는 건 아니다. 마력을 5나 올려준다는 사실이 그러했고 상상을 초월하는 화력이라는 말에도 눈길이 갔다.

잘 써봐야 한두 번, 단점은 확실하지만 왠지 모르게 나쁘지 않은 것처럼 느껴졌다.

'연금술사?'

사실 연금술사도 그다지 나쁘게 보이지만은 않는다.

애초에 마력에 비해 지력이 높은 나와 가장 잘 어울린다고 할 수 있는 직군이다.

전투 능력이 다른 직업군에 비해 조금 떨어지는 것 같지만 호문클루스, 연금 마법 그리고 뭔가 수상해 보이는 약물 제조사 같은 직업은 내 부족한 마력을 메울 수 있을 것처럼 보였다.

확실히 제외할 수 있는 건 마창사 하나.

나머지 직업은 모두 저마다의 장단점을 가지고 있다.

첫 번째 선택보다는 조금 쉬울 거라고 생각한 내가 바보 같아질 정도다.

첫 번째보다 지금이 더 중요하다.

이를 테면 전공을 선택하는 것과 마찬가지다.

이 선택 한 번에 앞으로 대륙에서의 위치가 정해질지도 모른다는 생각에 머리가 아파왔다.

물론 급한 일은 아닌 만큼 조금 더 두고 봐야겠지만 수많은 전공 중 어느 쪽을 심도 있게 파고들 것인지에 고민이 터져 나오기 시작했다.

바로 옆에서 목소리가 들려온 것은 바로 그때.

"형님?"

"아. 미안하다, 덕구야. 하얀이부터 찾으러 가야지."

"새로운 직업이라도 얻으셨소?"

"응. 조금 갑작스럽네. 아무래도 인간을 죽여도 경험치가 오르는 모양이다."

"끄응."

슬쩍 말을 아끼는 박덕구의 모습이 보였다.

다행이지만 크게 충격 받은 것 같지는 않은 모습.

혹시나 딴 생각을 하고 있는 건 아닌지 걱정했지만 다행히 그런 것처럼 보이지는 않는다.

지금까지 뇌가 근육으로 꽉 찬 놈이라고 부르고는 있었지만 제 딴에는 고민이 많은 것이다.

물론이지만 나 역시 마찬가지.

애써 시선을 돌리고는 있지만 오늘의 기억은 아마 잊을 수 없을 것이다.

덕구 녀석도 일단 상황 자체를 받아들이기로 결심하긴 한 모양. 묘한 침묵이 부담스러웠는지 놈이 다시 한번 입을 열었다.

"김현성 그 형씨랑 누님이 무사한지 모르겠소."

"당연히 무사할 거다. 김현성은 물론, 하얀이도 별일 없을 거야."

"어떻게 그렇게 확신할 수 있는 거요? 그, 마력이라는 것 때문이요?"

"비슷해. 거리가 멀어질수록 감지하기 힘들지만 아마 너도 마력이 생기면 어느 정도 이해할 수 있을걸."

물론 그들이 무사하다는 걸 마력에 의한 감지로 판단하는 것은 아니다. 그들의 스펙과 성향을 생각해 보면 답이 나온다. 한 명은 회귀자고 한 명은 천재 마법사이자 괴물이다. 어쩌면 이미 일을 끝내고 이쪽으로 오고 있는 중일 수도 있다.

역시나 조금 발걸음을 옮기자 곧바로 이쪽으로 다가오고 있는 정하얀이 시야에 비쳤다.

나와 박덕구를 바라보자마자 큰 눈을 뜨고 달려오는 모습은 조금 귀여웠지만 소매에 묻어 있는 혈액을 보니 그렇게 반갑지는 않았다.

"오빠……. 오빠! 오빠! 오빠!"

달려와 꽉 안기는 모습은 평소와는 다르게 조금 적극적.

그만큼 그녀가 나를 걱정한 거라고 생각하니 조금은 기분이 좋아진다.

"어디 다치진 않으셨어요? 아프지는 않으세요? 이제 괜찮으신 건가요? 흐윽. 유석우는…… 그…… 그 사람은 어떻게……."

"죽었어."

"아아아아. 다행이네요."

충격 받을 거라고는 생각하지 않았지만 받아들이는 게 너무나도 빠르다. 착각인지 아닌지는 모르겠지만 조금은 아쉬워하는 표정.

이유를 묻기는커녕 오히려 가슴을 쓸어내리며 살짝 웃는 모습에 박덕구도 뭔가 이상하다는 걸 느꼈는지 정하얀을 유심히 살펴보고 있었다.

"누님, 어디 갔다가 지금 온 거요?"

"아…… 그…… 저도 모르게."

잠깐 꿀 먹은 벙어리가 된 모습.

아마 따로 변명을 생각해 오지 않은 것 같았다.

내가 쓰러진 당시에 그렇게 소리를 질러댔으니 아마도 그런 생각을 할 여유는 없었던 것 같다.

그러는 한편 겉모습은 또 무척 잘 정리되어 있는 것을 보면 나에게는 무척 잘 보이고 싶은 모양이다.

조금 당황해하는 얼굴에 이번에도 도움을 줘야겠다고 생각해 슬쩍 입을 열었다.

"현성 씨를 도와주러 간 거였지?"

"아니에요, 오빠. 그, 그런 것 아니에요. 별로 관심도 없는 걸요. 그냥 저는……."

"어?"

"현성 씨가 걱정된 게 아니에요."

생각보다 더 과하게 반응하고 있다.

혹시나 자신이 김현성에게 관심이 있다는 오해를 받기는 싫은 것 같았지만 당연히 그런 의도로 물어본 것은 아니다.

"그냥…… 너무 화가 나서……."

"아……."

"김재준 그 사람한테 너무 화가 나서…… 저도 모르게 그랬어요."

사실상 먼저 배에 검을 꽂은 건 유석우였지만 정하얀은 그

장면을 제대로 보지는 못했다.

나를 주먹으로 치거나 등에 단검을 쑤셔 박은 놈의 모습이 더욱 인상적이었던 것이다.

그때의 기억이 생각났는지 다시 한번 눈물이 고이기 시작.

닭똥 같은 눈물이 떨어져 내리기 3초 전이라는 것을 인지한 박덕구가 굉장히 난감한 표정을 하며 나를 돌아보기 시작했다.

강원도 카사노바치고는 굉장히 어울리지 않은 모습.

허둥지둥하는 모습이 눈에 보인다.

'연애 박사는 무슨……'

"아니. 아니. 아니. 무슨 말을 하려는 건지 알 것 같소, 누님. 사실 나도 당장 뛰쳐나가고 싶었으니. 형님, 그러고 있지만 말고 어떻게 좀……."

"히끅. 그게 너무…… 계속 생각나서……."

"누님, 이제 다 괜찮아졌으니까 우, 울지 마쇼. 이제 다 끝났으니까. 모두 무사하고 형님 상처도 다 나았다니까?"

"흐그윽."

"아이고……. 형님! 누님 좀 어떻게…… 이미 눈도 퉁퉁 부었는데 이거 어떻게……."

은근슬쩍 이쪽을 바라보며 위로해 달라는 눈빛을 보내는 녀석을 보니 괜스레 웃음이 나온다.

조금은 아팠던 머리가 정리되는 느낌이다.

결국에는 녀석의 바람대로 살짝 정하얀을 안아주자 어깨가 들썩이는 게 보였다.

"죄송해요. 죄송해요. 오빠……."

뭐가 죄송하다는 건지 알 수 없지만 등을 토닥여 주었다.

"괜찮아."

"죄송해요, 오빠. 히끅."

"큼."

오히려 고맙다. 뭔가 일이 훈훈하게 마무리된 느낌이다.

더러웠던 기분이 조금 좋아진다.

정하얀을 위로하며 슬쩍 박덕구를 바라봤을 때였다. 묘하게 함박웃음을 짓는 놈의 모습이 보이기 시작.

'저 돼지 새끼가…….'

아무리 생각해도 어이가 없을 지경. 물론 정하얀이 아까와는 다르게 진정되었다고는 하지만 너무나도 태연하게 이쪽을 바라보며 미소 짓고 있다.

당연하지만 나와 정하얀이 보여주고 있는 모습에서 나오는 훈훈한 미소가 아니다.

그것보다는 조금 더 저열하고 비열해 보이는 미소.

'설계였나.'

나에게 당한 유석우의 기분을 아주 조금이나마 느낄 수 있을 정도였다.

'저…….'

"아주 잘 어울리는 한 쌍입니다, 누님."

강원도 연애 박사 박덕구.

그게 거짓이 아니라 진실일 가능성에 대해 떠올리게 되는 순간이었다.

실실 웃고 있는 박덕구의 얼굴이 시야에 비쳤다.

대충 녀석이 무슨 생각을 하고 있는지 알 것 같다.

아마 내 기분이 조금 싱숭생숭할 거라고 생각하는 모양이다. 사랑하는 정하얀으로 잠깐이나마 마음속에 있는 꿀꿀한 기분을 털어버리라는 의도였겠지만 그다지 반갑지만은 않다.

내 품에 안긴 채 숨을 거칠게 몰아쉬는 정하얀 때문.

"오빠……."

울먹이는 것은 일단 논외로 치더라도 뭔가 숨을 크게 들이마시는 듯한 느낌. 체취라도 맡는 모양인지 가슴 속에 얼굴을 파묻은 채 떨어질 생각을 하지 않고 있다.

아마 김현성이 제때 도착하지 않았더라면 몇 시간이고 그러고 있었을 것이다.

"여기 계셨군요."

생각보다는 조금 늦었다.

정하얀보다는 김현성이 조금 더 빨리 끝낼 거라 생각했던 내 예상과는 조금 다르다.

겉모습은 말끔하다.

그렇지만 옷이 조금 그을렸다든가 뺨에 남은 작은 자상으로 봤을 때 정진호와의 전투가 그리 만만하지 않았다는 걸 알 수 있었다.

회귀한 김현성은 당연히 괴물이라 할 만한 스펙을 가지고 있지만 정진호 역시 만만치 않았던 셈.

'괴물들.'

그렇지만 아마 일방적이었을 것이다.

정진호가 아무리 날고 긴다고 하더라도 기본적인 스탯과 경험의 차이는 분명하다.

끽 해봐야 마법으로 변수를 만드는 게 고작이었을 터.

조금 홀가분해 보이는 놈의 얼굴을 보니 정진호는 더 이상 살아 있지 않은 모양이다.

"다른 이들은……."

조금은 민감한 질문.

정하얀이 엉뚱한 소리를 하기 전에 내가 급하게 말을 이었다.

"제가 죽였습니다."

"아."

당연하지만 이곳에서 김현성이 나를 살인자라 비난하지는 않을 것이다.

후환을 남기는 것보다는 오히려 더욱더 깔끔한 선택.

선의의 중재자라는 성향을 지닌 녀석이지만 이런 이들을 살려두면 안 된다는 사실을 나보다 더 잘 알고 있을 것이다.

"정진호는……."

내가 살짝 운을 띄우자 녀석은 아무 말 없이 그저 고개를 끄덕였다. 조금은 침울한 기색을 보이는 박덕구 그리고 싱숭생숭한 나와 울먹이는 정하얀.

파티가 전체적으로 조금 풀이 죽은 느낌이었다.

물론 정하얀 같은 경우는 조금 달랐지만 첫 살인에 대한 충격으로 침울해져 있다고 생각하는 게 당연.

결국 녀석은 고개를 끄덕이며 입을 열어왔다.

"필요한 일이었습니다."

신뢰할 수 있는 이 파티의 리더가 동료들의 멘탈을 챙겨주기 시작한 것이다.

"알고 있……."

"처음부터 이쪽을 노리고 온 것 같았습니다. 석우 씨를 어떻게 포섭했는지는 알 수 없지만 아마 중간부터 석우 씨 역시 그들의 계획에 동참한 모양입니다. 아마 저희가 당했다면 쉼터에 있는 이들 역시 무사하지 못했을 겁니다."

"……."

"힘드시겠지만 옳은 일을 하신 거라고 생각해 주셨으면 합니다."

"음……."

"옳은 일을 하신 겁니다. 어쩌면 앞으로 이런 일이 잦아질지도 모릅니다. 저희가 있는 이곳은 튜토리얼일 뿐이고 밖은 더 가혹할지도 모릅니다. 힘드셨겠지만 이런 결단을 비난하는 사람은 없을 겁니다. 지금뿐만이 아니라 앞으로도 마찬가지로 말입니다. 위로가 될지는 모르겠습니다만…… 부디 이겨내 주시길 바랍니다."

"감사합니다."

"뭐…… 고맙소."

나름대로 훌륭한 연설이었다.

사실 맞는 말이다. 절대로 틀린 일은 한 것은 아니다.

녀석들이 살아 있었다면 쉼터가 위험해지는 것은 물론, 밖으로 나간 이후에도 많은 피해자가 생겼을 것이다.

비록 유석우가 내 경험을 위한 발판이 되었다고 한들, 김현성이 말했던 것은 부정할 수 없는 사실이다.

'쓰레기를 치운 거야.'

말 그대로 쓰레기를 치운 것에 불과.

죄책감을 가질 이유는 없다.

"기영 씨는 조금 괜찮으십니까?"

"네. 괜찮습니다. 아마 현성 씨가 선물해 준 반지가 없었다면…… 죽었을 겁니다. 두 번이나 목숨을 구원 받은 게 되는 거군요. 이 은혜는 잊지 않겠습니다."

"상처는……."

"괜찮습니다. 말끔히 나았습니다."

한 차례 연설이 끝난 이후 김현성은 조금 기분이 좋아진 것 같다. 자신이 생각한 대로 일이 풀렸으니 인상을 구길 이유가 없다.

자세하게 뭔 생각을 하고 있는지는 알 수 없지만 왠지 모르게 조금 뿌듯해하고 있는 것이 느껴졌다.

계획대로 정진호 무리를 처리했고 그것도 모자라 우리에게 빚까지 만들었다.

어차피 같이 움직이기로 한 동료로 생각했겠지만 이번 사건이 우리가 조금 더 끈끈해지는 계기가 되었다고 생각하는 모양이다.

나도 마찬가지.

같이 고생하고, 같이 위기를 겪고, 같이 이겨냈다.

이 네 명은 밖에 나가서도 확실히 좋은 관계를 유지할 거라 확신할 수 있다.

안정감 있고 승차감 좋은 김현성 버스에 타고 있는 걸 상상하는 것만으로도 졸음이 몰려올 지경.

아니, 긴장이 풀린 느낌이다.

박덕구와 정하얀만으로도 이미 안전하다는 생각이 들기는 하지만 역시 우리 회귀자의 승차감은 확실히 남다르다.

"조금 피곤해 보이시는데 오늘은 가까운 곳에서 쉬는 게 좋을 것 같습니다."

"내 생각도 그게 좋을 것 같소. 형님도 그렇고 누님도 조금 피곤해 보이니까."

"예."

정하얀 같은 경우에는 마력의 여유가 조금 있을 것이다.

나는 대충 고개를 끄덕이며 발걸음을 옮기는 김현성을 향해 입을 열었다.

당연히 직업에 대한 상담이었다.

물론 어디까지나 선택하는 건 내 몫이지만 미래를 알고 있는 김현성을 떠보는 건 당연하다고 생각했기 때문이다.

"현성 씨."

"예. 말씀 하시죠."

"새로운 직업이 열렸습니다."

"아."

당연하지만 꽤나 반가워하는 표정이었다.

"빠르군요."

"예. 아무래도 마법을 써서 괴물들을 잡다 보니."

"혹시 어떤 직업이 열렸는지 들을 수 있겠습니까?"

"물론입니다."

박덕구는 물론 정하얀도 관심이 가는지 나를 보고 있다.

하룻밤 쉴 수 있는 곳을 찾으며 이야기를 하기에 괜찮은 주제이기도 했고 조금 처진 파티의 분위기를 살릴 수도 있는 적당한 소재다.

"소환사, 마창사, 흑마법사, 연금술사, 화염 마법사. 선택지가 많더군요."

"확실히 많은 것 같습니다."

근처에 적당한 곳이 없었기 때문에 일단은 각 직업에 대한 단점과 이후에 선택할 수 있는 직업까지 이야기하기 시작했다.

이를 테면 화염 마법사는 마력이 많이 필요하다든지, 마창사 같은 경우에는 이후에 갈 수 없는 직업이 없다는 식으로 말이다.

내가 정확한 스탯을 밝힌 적은 없지만 아마 김현성 정도라면 내가 어느 정도의 스펙을 가지고 있는지에 대해 알고 있을 것이다.

"실례지만 기영 씨는 마력이 조금……."

"네. 다른 마법사를 만나보지 못해서 자세하게는 알 수 없지만 가지고 있는 마력 자체는 낮은 것 같습니다. 하얀이와 비교해도 그다지 높은 것 같지는 않더군요."

"음……."

자세한 상담을 위해서는 어느 정도의 개인 정보를 공개하는 것은 필수.

부족한 것을 굳이 숨길 이유가 없다. 보여줄 장점은 많이 남아 있으니까.

"아마 화염 마법사 같은 경우에는 조금 더 생각해 보는 게 좋을 것 같습니다. 기영 씨와 화염 마법의 궁합이 그리 나쁜 것 같지는 않지만 아무래도 높은 마력을 요구한다면 이후에 문제가 생길 여지가 있으니까요."

"아, 저도 비슷한 생각입니다."

어떻게든 기를 쓰고 힌트를 주려는 모습이 꽤나 귀여워 보인다.

녀석의 진짜 나이가 몇 살인지는 알 수 없지만 당장 겉으로 보이는 모습은 나보다 어렸기 때문이다.

"마창사도……."

대놓고 말은 못 하지만 이렇게 이야기하고 있는 것 같다.

'너 창질 잘 못하잖아.'

그래도 1인분 역할은 충분히 해왔다고 생각했는데 확실히 놈의 기준으로는 어설프게 보였던 모양이다.

어차피 마창사는 선택할 생각도 없었지만 김현성의 저런

표정을 보니 괜스레 씁쓸해졌다.

'그렇게 엉망이었나?'라는 생각이 들었기 때문이다.

"개인적으로는 소환사, 연금술사, 흑마법사에서 고르는 게 좋아 보이기는 하지만 아무래도 흑마법사는 추천해 드리기 어렵겠군요. 확신할 수는 없지만 위험한 상황에 처할 수도 있을 겁니다. 적어도 상태창은 저희에게 거짓말은 하지 않으니까요."

"음……."

"소환수를 유지하는 데도 마력이 필요합니다만 어느 정도의 마력이 필요할지에 대해서는 감이 오지 않는군요. 오히려 연금술사가 나쁘지 않은 것 같습니다. 높은 지력을 가지고 있는 기영 씨에게 적절할 겁니다."

"사실 저도 비슷한 생각입니다. 아무래도 연금술은 촉매로 마법을 발동하는 경우도 있을 것 같으니까요."

"그뿐만은 아닐 겁니다. 포션을 포함해 다양한 물약을 만들 수 있을 겁니다. 소환수가 필요하면 이후에 호문클루스라는 대체 수단도 있으니 더 유리하겠죠. 소환된 생명체가 아닌 만든 생명체에게는 많은 마력이 들어가지 않을 테니까요."

조금 흥분한 것처럼 열을 올리는 느낌이다.

나에 대한 데이터가 부족했던 첫 번째와는 다르게 이미 나에 대해 어느 정도 알고 있다. 그런 만큼 녀석의 추천도 믿을 만하고 생각했다.

무엇보다 조금 기뻐 보이는 표정을 보니 점점 더 마음이 기울어진다.

'희귀하구나.'

연금술사라는 직업을 가지고 있는 이들이 희귀한 것이다.

직업이 잘 열리지 않았을 수도 있고 사람들이 잘 선택하지 않은 경우도 있겠지만 아무튼 간에 연금술사라는 직업 자체는 굉장히 희귀한 모양이다.

마찬가지로 사제 역시 희귀하다고 가정해 본다면 포션 같은 경우에는 조금 더 가치가 올라갈 것이다.

애초에 사제가 가지고 있는 신성력에도 한계가 있다는 걸 생각해 본다면 질 좋은 물약은 반드시 필요한 물건.

소환사도 끌리기는 하지만 비슷한 걸 2명이나 가지고 있는 걸 생각해 본다면 이후에도 다른 소환수를 얻을 수도 있을 것이다.

그렇게 여러 생각을 하고 있을 때였다.

한참 이야기를 듣고 있던 박덕구가 고개를 저으며 이 상담에 참전한 것이다.

"무슨 소리요? 형님이라면 당연히 흑마법사요."

'…….'

"어둠의 힘을 뿌리며 괴물들을 섬멸하는 흑마법사를 떠올려 보니 당연히 형님과 가장 잘 어울린다는 생각밖에는 들지 않는데…… 누가 봐도 형님은 흑마법사 아니요?"

논리도 없고 뭣도 없지만 굉장히 무게감 있게 들려오는 울림이다.

전에 지휘관 어쩌고 했던 것은 전부 잊은 모양.

이번에는 흑마법사에 꽂힌 것 같았다.

"뭐, 세간의 시선이 어떻든 무슨 상관이요? 혹시나 형님을 노리는 놈들이 오면 내가 전부 날려 버릴 테니 별로 상관없을 것 같고. 형님의 인품과 흑마법사는 사실 별로 어울리지 않지만 검은색 로브를 입고 있는 형님의 모습은…… 상상만 해도 멋질 것 같은데."

"연금술사가 더 괜찮을 겁니다."

이쯤 되니 김현성도 꽤나 다급해진다.

박덕구에 외침에 묘한 울림이 있다는 걸 눈치챈 것이다.

"아니! 형님은 무조건 흑마법사!"

이전에 지휘관 앵무새가 되었던 박덕구는 갑작스레 흑마법사 앵무새로 진화하기 시작.

"연금술사가 확실히 좋습니다."

"무조건 흑마법사!"

"연금술사가……."

"흑마법사! 어둠의 힘을 뿌리는 형님의 모습을 보고 싶다니까."

"연금술사!"

 "흑마법사!"

 "연금!"

 "흑!"

 "연!"

 '괜히 물어봤다.'

 왠지 다시 이런 상황이 올 거라고 생각했지만 전보다 더욱 열을 올리는 둘을 보자니 당황스럽다.

 아무래도 어둠의 힘이라는 게 묘하게 박덕구의 심장을 울리는 모양이다.

 슬쩍 정하얀에게 시선을 돌리자 의사를 물어보는 줄 알았는지 정하얀도 세차게 고개를 저었다.

 "어느 쪽도 고, 고를 수 없어요. 연금술을 하는 지적인 오빠와 어둠의 힘을 사용하는 오빠라니……."

 당연히 그런 걸 물어본 게 아니다.

 그럼에도 불구하고 이 정체불명의 논쟁은 점점 더 뜨거워지는 중이다.

 결국에는 김현성이 슬쩍 가방을 뒤적거리며 입을 열었다.

 "아주 우연히. 아주 우연히 구한 물건입니다. 마침 연금술사 전용 아이템으로 보이는군요. 만약 연금술사를 선택하신다면 이걸 선물로 드리도록 하겠습니다."

'저건 또 어디서 나온 거야?'

김현성이 가지고 있는 가죽 가방은 마법의 가방이라도 되는 모양이다.

이 정도로 다급하게 나올 줄은 몰랐다.

덕분에 흑마법사의 인식이 별로 좋지 않을 거라는 것을 확신할 수 있었지만 그것과는 별개로 녀석이 꺼낸 아이템을 확인한 순간, 우리 파티의 흑마법사 앵무새를 저버릴 수밖에 없었다.

[라무스 터커의 연금학개론−영웅 등급−연금술사 전용]

[대 연금술사 라무스 터커는 한 시대를 풍미했던 대표적인 연금술사입니다. 공화국 군부에 소속되어 생체 연성과 물약 연성 분야의 1인자로 그 명성을 날렸지만 어떠한 이유에서인지 어느 날을 기점으로 숙청당했다고 알려져 있습니다. 비록 그는 죽었으나 그가 남긴 연금 지식은 지금도 전해지고 있습니다.]

[라무스 터커의 연금학개론은 그가 남긴 연구물의 집대성이라고 볼 수 있을 정도로 완성도 높은 서책이며 기본 연금 지식에 수록되어 있지 않은 다양한 연금 지식이 기재되어 있습니다.]

[기본 직업으로 알 수 없는 영웅 등급의 연금 지식을 습득합니다. 마력이 1, 지력이 1 올라갑니다.]

'영웅 등급?'

이런 아이템이 눈앞에 있으니 흑마법사 앵무새를 저버리는 것도 무리가 아니다. 사실 올려주는 스탯은 그리 많다고 할 수 없다.

마력 1에 지력 1이 전부.

그렇지만 저 아이템의 가치가 영웅 등급이라는 걸 생각해 본다면 아마 내가 상상하는 것 이상으로 많은 지식을 담고 있을 거라고 생각했다.

김현성의 말대로 상태창은 거짓말을 하지 않는다.

저 서책이 영웅 등급 판정을 받은 아이템이라고 한다면 틀림없이 그에 상응하는 지식을 담고 있을 것이다.

"어떻습니까?"

"……."

조금 당황스러운 것은 저런 아이템이 갑작스럽게 나왔다는 점.

슬쩍 표정을 보니 본인도 실수했다는 것을 깨달은 것 같다. 놈도 인간인 만큼 실수를 하는 게 당연하지만 본인조차 박덕구의 도발 아닌 도발에 완벽하게 걸려든 것에 당황한 모양이다.

물론 그 영혼의 외침에 묘한 울림이 있었다는 건 나도 인정하지만 오늘따라 김현성이 조금은 귀여워 보인다.

"이런 건 어디서 구한 거요?"

"그때 그 상자 안에 함께 들어 있었습니다. 쓸 일이 없다고 생각했는데 마침 좋은 타이밍인 것 같아서……."

"그래도 형님은 흑마법사가 어울리는데……."

"무려 영웅 등급의 아이템입니다. 제가 연금술사가 아니기 때문에 이 책을 열람할 수는 없었지만 아마도 기대 이상일 겁니다. 전설 바로 아래 등급의 아이템이라는 걸 생각해 보면…… 이편이 가장 좋을 겁니다. 무엇보다 이런 아이템을 썩히는 것이 아쉽군요."

"그래도 흑마법사를……. 형님."

이 상황에서도 박덕구는 흑마법사라는 말을 중얼거리고 있다.

말도 안 되는 변명이긴 하다.

애초에 우리에게 줄 반지나 박덕구에게 선물한 팔찌도 이곳에서 발견할 수 없는 아이템일 확률이 높다.

어디서 갑작스럽게 보물 상자가 튀어나왔다는 건 조금은 억지스러운 이야기다.

백번 양보해서 우연치 않게 얻었다고 해도 저런 서책이 이곳에 있다는 건 확실히 설득력이 부족하다.

'철판 깔기로 한 건가.'

그렇지만 김현성의 얼굴을 보니 그냥 모른 척하기로 한 모양.

녀석이 인벤토리 째로 회귀한 건지 아니면 아직 우리에게 개방되지 않은 상점 같은걸 이용하고 있는지는 모르겠지만 저 가죽 가방에는 내가 상상할 수 없는 물건이 즐비해 있을 것이다.

인벤토리 째로 회귀한 경우라면 그나마 녀석의 실수가 이해가 가지만 후자의 경우라면 박덕구의 영혼의 울림에 낚여저 아이템을 구입했다는 이야기가 된다.

대충 봐도 심상치 않은 물건.

더 이상 고민하는 건 무의미하다고 생각한 나는 곧바로 고개를 끄덕였다.

"사실 흑마법사도 끌리기는 했지만 역시 연금술사가 좋을 것 같군요."

그제야 김현성의 얼굴이 활짝 펴지기 시작했다.

"잘 생각하셨습니다."

"감사합니다."

[연금술사로 전직하셨습니다. 기초 연금 지식을 습득합니다.]

[플레이어 이기영의 상태창과 재능 수치를 확인합니다.]

[이름-이기영]

[칭호-없습니다. 조금 더 노력하셔야겠네요.]

[나이-25]

[성향-용의주도한 전략가]

[직업-연금술사]

[직업효과—기초 마법 지식 습득]

[능력치]

[근력—11/성장 한계치 일반 이하]

[민첩—11/성장 한계치 일반 이하]

[체력—15/성장 한계치 일반 이하]

[지력—29/성장 한계치 영웅 이상]

[내구—12/성장 한계치 일반 이하]

[행운—25/성장 한계치 영웅 이상]

[마력—08/성장 한계치 일반 이하]

[장비]

[라무스 터커의 연금학개론—영웅 등급—연금술사 전용]

[마력 방패의 반지—희귀 등급]

[특성—마음의 눈]

[총평—그나마 괜찮은 길을 선택하셨군요. 딱히 할 말은 없지만 열심히 하는 모습을 보니 가슴이 아픕니다. 네. 정말로요. 당신에게는 과분한 아이템을 가지고 있는 것도 보이네요. 부디 라무스 터커의 연금술을 이해할 수 있는 능력이 있기를 바랍니다. 돼지 목에 진주 목걸이가 되기에는 영웅 등급의 아이템이 불쌍하니까요.]

몸이 잠깐 푸른빛으로 번쩍인 뒤 확실히 전직했다는 걸 알 수 있었다.

순식간에 머릿속으로 기초 연금에 대한 지식이 쏟아졌다.

'나쁘지 않아.'

어렵기는 하지만 이해하지 못할 정도는 아니다. 만족스러운 미소를 짓자 김현성이 나를 바라보는 표정도 슬그머니 달라져 있는 것 같은 느낌.

녀석 안에서 나에 대한 내부 평가가 올라간 모양이다.

쓸 만한 행정가 정도에서 잘 키워야 하는 연금술사 정도로 바뀐 것이 틀림없다.

'기분 좋은 이야기지.'

그만큼 내가 소중해졌다는 뜻이 된다.

"축하드립니다, 기영 씨."

"끄응. 아쉽기는 하지만 형님의 선택이 그렇다면……."

"축하드려요, 오빠."

"고맙습니다. 덕구도 하얀이도 고마워. 선물은 감사히 받겠습니다, 현성 씨. 계속 받기만 하는군요."

특히나 박덕구에게 고맙다.

"아닙니다. 기영 씨가 강해진다면 우리 파티 전체가 강해졌다고 할 수 있으니 당연한 일입니다. 오히려 도와드릴 수 있어서 제가 더 기분이 좋습니다."

"기대에 부응하도록 하겠습니다."

당연하지만 이렇게 된 이상 무조건 기대에 부응해야 한다.

김현성이 나를 키워주는 만큼 그만한 결과를 내놔야 놈이 투자를 계속할 것이다.

이를 테면 지금의 나는 주식이다.

김현성은 이기영이라는 주식에 돈을 넣었고 상한가가 뛰기를 바라고 있을 것이 분명. 바닥으로 꼬꾸라진다고 해도 나를 버리지는 않겠지만 투자 금액이 줄어들 거라는 건 너무나도 당연한 사실이다.

계속해서 투자받기 위해서는 내가 성장하고 있다는 걸 지속적으로 보여줘야 한다.

"꼭 그러실 필요는 없습니다. 하하. 일단은 오늘은 이곳에서 쉬는 것으로 하죠. 이 정도 걸었는데도 마땅한 장소가 안 보이는 것을 보면 지하는 야영할 장소가 없는 것 같습니다."

"네. 그렇게 하도록 하겠습니다. 덕구야."

"거, 대충 주변 정리나 하고 오겠소."

대충 고개를 끄덕였다.

사실상 노숙이었지만 그래도 대충 주변을 정리하는 것이 맞다.

별건 없지만 그럴듯한 잠자리가 만들어지는 것은 순식간.

긴 튜토리얼도 어느 정도 끝이 보이는 것 같은 느낌에 살짝 고개를 끄덕여 본다.

아직 생존 퀘스트는 완료되지 않은 상황이었지만 김현성이 그다지 초조한 모습을 보이지 않는 것을 보면 이 던전의 공략은 사실상 마무리 단계라고 보는 것이 맞다.

입구를 찾는 것이 됐든 던전의 주인을 처리하는 일이 됐든 이 파티는 무난하게 헤쳐 나갈 것이다.

슬쩍 고개를 돌리자 녀석들의 모습이 시야에 비쳤다.

꾸벅꾸벅 졸고 있는 정하얀과 이미 드르렁 코를 골고 있는 박덕구를 보니 웃음이 나온다.

내일을 위해 잠을 자야 한다는 사실을 알고 있는데도 불구하고 잠이 오지 않았다.

아니, 정확히 말하자면 잠을 잘 수가 없었다.

'연금술.'

새로 얻은 지식을 나름대로 정리해야 했기 때문이다.

일단 이곳에서 당장 써먹을 수 있는 능력은 아니다.

본격적으로 연금술을 하기 위해서는 여러 장비가 필요하다. 연금 마법을 사용할 수 있는 촉매도 이곳에는 없다.

그렇지만 미리 미리 공부해야 하는 것이 당연하다. 기초 연금 지식을 정리하는 데도 시간이 필요한 만큼 라무스 터커의 연금학개론은 일단 펼치지 않기로 마음먹었다.

"주무시지 않는 겁니까?"

"잠이 오지 않는군요."

생존하기 위해서는 스스로 레벨 업을 해야 한다.

나 자신을 단련하는 것은 물론, 절대로 한곳에 안주해서는 안 된다는 생각이 만들어낸 열정이라고 말하는 게 적절할 것이다.

물약 연성이나 호물클루스에 대한 기본 지식, 연금 촉매와 마력의 상관관계까지, 무엇 하나 만만한 것이 없다.

이쪽을 빤히 바라보는 김현성의 시선이 느껴지지만 당연히 의식하지는 않았다. 오히려 조금 더 봐줬으면 좋겠다.

'열심히 하고 있습니다, 투자자님.'

이런 모습을 보여준다는 것 자체가 이득.

만족스러운 표정으로 고개를 끄덕이는 김현성보다 내가 더 만족스럽다.

시간이 조금 흘렀다고 생각할 즈음에는 이미 아침이 왔다.

한숨도 못 잤지만 후회는 없다.

파티원들이 천천히 몸을 일으켰고 잡담을 나누며 다시 한 번 발걸음을 옮겼다. 침울하다기보다는 조금 여유로운 분위기. 중간 중간 김현성은 농담을 던졌고 박덕구는 그 농담에 던전이 떠나갈 것처럼 웃어댔다.

조금은 여유를 찾은 것처럼 보이는 김현성.

아마 녀석의 그런 분위기를 다른 이들도 조금씩 느끼고 있으리라.

'던전 보스는 없는 거구나.'

아마도 없다.

충분히 주변을 경계하고 있지만 비장한 전투를 앞둔 표정은 아니다. 조금 홀가분해 보이기도 했고 앞으로의 일을 걱정하는 것 같기는 했지만 정확히 설명하면 이제부터 시작이라고 생각하는 것 같다.

'시작이야.'

끝난 것이 아니다. 지금부터가 시작이다.

처음에 길을 무척이나 헤맸던 게 거짓말처럼 김현성을 중심으로 한 이 파티는 조금씩 이 지옥 같은 곳을 벗어났다.

가끔 전투가 일어나기는 했지만 긴장할 정도는 아니었다.

한참을 걷자 눈앞에 조금은 이곳과 다른 양식의 입구가 보였다.

"거, 괴물이라도 튀어나오는 거 아닌지 모르겠소."

"전투 준비한 이후에 진입하도록 하겠습니다."

"형씨, 내가 앞장서도록 하지."

"부탁드립니다."

커다란 문이 열리고 귓가로 익숙한 목소리가 들려온다.

[희귀 등급의 강제 퀘스트가 발동됩니다.]

[희귀 등급 퀘스트—공략 (0/1)]

문이 열리고 주변을 둘러보지만 괴물 따위는 없다.

시야에 비치는 것은 뭔가 신전처럼 보이는 장소.

중앙에는 이상한 마법진이 보였고 반대편에는 또 다른 문이 보인다.

박덕구가 후다닥 달려 나가 문을 밀어봤지만 역시나 문은 열리지 않는다.

"문은 열리지는 않는 모양이오."

"아마도 뭔가 조건이 있을 거다. 이곳을 빠져나가는 게 공략이라는 소리가 되는 거겠지."

상황이 조금 달라졌다는 생각이 들었던 것은 바로 그때.

조금 주저하는 나와 박덕구, 정하얀과는 다르게 김현성이 무척이나 익숙한 것을 보는 것처럼 천천히 손을 들었다.

녀석이 중앙에 있는 마법진에 슬며시 마력을 보내니 마법진이 빛을 일으켰다.

모두가 멍하니 그것을 바라보고 있는 모습은 뭔가 조금 우습다.

"마력…… 이었군요."

공략에 필요한 대단한 퀴즈 같은 것은 없었던 것.

우리가 살고 있는 곳과 아예 동떨어진 매개체라고 할 수 있는 마력 자체가 퀴즈에 대한 답이다.

[희귀 등급의 강제 퀘스트가 완료되었습니다.]

[희귀 등급 퀘스트–공략 (1/1)]

[희귀 등급 퀘스트–생존 (1/1)]

"형님."

"알고 있다."

주먹을 꽉 쥔 김현성의 표정은 무언가 해냈다는 표정. 감정을 크게 드러내지 않았지만 놈의 얼굴은 정말로 기분 좋아 보인다.

언뜻 보면 우는 것 같기도 했지만 그것과는 전혀 다르다.

간헐적으로 떨리는 어깨와는 다르게 얼굴에서는 뭔가 어마어마한 성취감이 감돌고 있었으니 내 생각이 맞을 것이다.

"예쁘네요."

"그래."

엿 같은 장소에서 일어난 엔딩치고는 아름다운 모습이 눈에 띈다.

땅에서 뿜어져 나오는 빛이 높은 천장에 닿고, 천천히 이 장소를 가득 메우기 시작했다.

반대쪽에 있는 문이 천천히 열리고 있는 것을 보니 정말로 이 거지 같은 장소를 벗어나고 있다는 걸 알 수 있었다.

인공적으로 만들어진 빛과는 전혀 다른 햇빛이 쏟아져 내린다.

'햇빛.'

시야에 비치는 것은 풍경이 아니라 갑옷과 무기를 들고 있는 자들. 대표로 보이는 듯한 여자가 조용히 다가오는 것이 보였다.

"튜토리얼에서의 생환을 축하드립니다. 이번 튜토리얼 던전의 담당자 이상희라고 합니다."

우리는 살아남았다.

그걸 실감하는 순간이었다.

꽤나 예의 바른 모습이었다.

조용히 고개를 숙이는 것은 물론, 이쪽을 향해 살짝 미소 짓는 것을 보면 적어도 이상희를 비롯한 저 인간들이 우리에게 적대적이진 않다는 걸 알 수 있었다.

오히려 조금 호의적인 느낌이다.

"튜토리얼 던전의 담당자라니 그게 무슨 소리요?"

"말 그대로입니다. 저는 베니고아 제국의 자유 길드, 파란의 부길드마스터로서 이번 회 차의 튜토리얼 던전을 관리하고 있습니다."

"그 말은 당신들이 우리를 이곳으로 불렀다는 말씀이십니까?"

"아닙니다. 저희들 역시 당신들과 같은 입장에 처해 있습니다. 어느 날 갑자기 튜토리얼 던전으로 소환되었고 같은 시험을 겪었지요. 저희는 그냥 여러분보다 조금 더 먼저 이곳에 왔을 뿐입니다. 어째서 이런 일이 벌어졌는지 어째서 소환 의식이 시작되었는지도 모르지요."

"으음."

"저희의 임무는 이 튜토리얼 던전의 공략이 끝난 뒤 여러분을 모시는 것과 아직 던전 안에 있는 생존자를 구출하는 데 있습니다. 뿐만 아니라 새로운 환경에 살아가야 하는 여러분을 적응시키고 교육하는 것은 물론, 기본적인 생활권을 보장하는 데 의의를 두고 있지요."

"기본적인 생활권 말입니까?"

"네. 기본적인 생활권입니다."

"그렇군요. 공략이 끝난 이후에야 당신들도 이곳으로 진입할 수 있다는 게 되는 겁니까?"

"그렇습니다. 튜토리얼 던전이 개방되어 있는 시간은 공략 직후 3일 정도입니다. 정확히 3일이 지난 이후에는 다시 던전의 문이 닫히게 됩니다. 어째서 그런 건지는 저희도 파악하지 못하고 있습니다만…… 아무튼 모시도록 하겠습니다. 조금 더 자세한 이야기는 안에 들어가서 나누시죠."

조금은 어안이 벙벙하다.

사실 나온 이후로 이런 여유를 가질 수 있을 거라고는 상상도 하지 못했다.

무엇보다 의아한 것은 저 여자의 태도였다.

[플레이어 이상희의 상태창과 재능 수치를 확인합니다.]

[이름–이상희]

[칭호–철혈]

[나이–33]

[성향–이상적인 중재자]

[직업–성스러운 기사]

[직업효과–기초 검술 지식 습득]

[직업효과–기초 방패 지식 습득]

[직업효과–중급 검술 지식 습득]

[직업효과–고급 검술 지식 습득]

[직업효과–기초 신성 지식 습득]

[직업효과–중급 신성 지식 습득]

[능력치]

[근력–82/성장 한계치 영웅 이상]

[민첩-52/성장 한계치 희귀 이상]

[체력-90/성장 한계치 영웅 이하]

[지력-30/성장 한계치 일반 이하]

[내구-91/성장 한계치 영웅 이상]

[행운-33/성장 한계치 희귀 이하]

[마력-77/성장 한계치 희귀 이상]

[장비]

[세인트 칼리버-영웅 등급]

[철혈의 방패-영웅 등급-기사 전용]

[힘의 띠-희귀 등급]

[특성-철혈]

[총평-능력치가 훌륭하군요. 이미 어느 정도 성장을 마쳐 자리를 잡은 것처럼 보입니다. 내구 능력치와 근력 능력치에서 조금 더 성장할 여지가 있기는 하지만 다른 능력치는 더 이상의 성장이 힘들지도 모르겠군요. 결코 나쁜 것은 아니지만 조금 아쉽습니다. 그렇지만 그녀를 무시하는 일은 없었으면 합니다. 플레이어 이기영과는 비교 자체가 불가능하니까요.]

'무시?'

당연하지만 내가 그녀를 무시할 리가 없다.

'괴물.'

지금 우리가 전부 달려들더라도 그녀를 어떻게 할 수 없을 것이다.

주위를 둘러봐도 마찬가지.

능력치를 놓고 판단해 본다면 비교조차 할 수 없을 정도로 차이가 났다. 마음만 먹는다면 우리를 이 자리에서 죽이는 건 일도 아닐 것이다.

그런데도 불구하고.

'호의적이야.'

지나치게 호의적이다. 아니, 오히려 조금 자신을 낮추려는 느낌이다.

"화연 씨?"

"네."

"생존자 수색을 시작하도록 해주세요. 저는 이분들과 함께 잠시 시간을 가지도록 하겠습니다."

"예. 알겠습니다."

던전 안으로 진입하는 병사들을 보니 쉼터에 있는 이지혜를 비롯한 이들이 구출되는 것은 시간문제일 거라고 생각했다.

우리나라 사람뿐만이 아니라 외국인도 보인다. 옷차림이라거나 생김새를 보니 현대인과는 조금 거리가 멀어 보인다.

저들은 아마 이곳에 현지인일 것이라고 생각했다.

정신없이 주변을 둘러보며 길을 걷고 있던 와중에 앞서 걸 었던 이상희가 입을 여는 것이 보였다.

대답한 것은 파티의 리더인 김현성.

직접 대화에 참가하기보다는 이들의 대화를 듣고 정보를 수집하는 게 나을 거라고 생각한 나는 조용히 그들의 대화를 귀담았다.

"무척 빠르게 공략을 완료하신 것 같더군요."

"보통은 이렇지 않습니까?"

"예. 보통 공략이 끝나는 시점은 약 육 개월 정도입니다. 삼 개월 안에 던전의 공략을 완료한 것은 확실히 이례적인 일입 니다. 아마 다른 곳에 있는 던전보다 훨씬 더 빨리 공략되었 을 겁니다."

"다른 곳에서도 던전이 있는 거요?"

"예. 공화국이나 왕국 연합에서도 몇몇 튜토리얼 던전을 관 리하고 있습니다. 저희가 소속되어 있는 베니고어 신성제국 에서는 총 3개의 튜토리얼 던전을 관리하고 있지요. 한국인뿐 만이 아닙니다. 다양한 국적을 가지고 있는 인종이 보통 각자 정해진 위치에서 소환되고 튜토리얼을 치릅니다."

"그렇다면 저희가 가장 빨리 던전을 공략한 것이 되는 겁 니까?"

"예. 설명하자면 그렇습니다. 안에서 무슨 일이 있었는지 묻는 것은 보통 금기입니다만 어떻게 이렇게 빨리 돌파하실 수 있으셨는지 정말 궁금하군요. 그것도…… 4명밖에 안 되는 소규모 인원이 말입니다."

"여러 가지 사정이 많았습니다. 모두 말씀드리는 건 힘들겠지만…… 그다지 큰 무리는 없었습니다. 저뿐만이 아니라 덕구 씨와 기영 씨 그리고 하얀 씨가 제 역할을 해주셨기 때문에 가능했죠. 아, 그리고 지상 1층에 쉼터가 마련되어 있을 겁니다. 그곳에 있는 인원들도 구출을 부탁드립니다."

"네?"

"형씨가 만든 쉼터요. 생존자들을 따로 모아놨지. 사냥을 할 수 없는 사람들을 내버려두고 공략조를 따로 만들어 운영했소. 안전한 장소에 성벽 비슷한 것을 만들고 운영했으니 아마도 아직도 잘 살아 있을 거요. 식량도 충분했으니까. 음!"

"아……."

조금은 얼이 빠진 것 같은 표정.

'아아아.'

이제야 뭐가 뭔지 이해가 되기 시작한다.

우리를 둘러싼 상황이 무엇인지 정확히 이해가 된다.

"그…… 그렇군요."

감정을 숨기지 못하고 있는 듯한 이상희의 표정이 시야에 비쳤다.

'김현성, 이 여우같은 놈.'

아무래도 우리 파티의 에이스이자 주인공은 힘을 숨기는 답답한 짓거리는 하지 않으려는 것 같았다.

슬쩍 뒤를 돌아 튜토리얼 던전을 바라보자 하나둘 구출되는 사람이 나타나기 시작.

쉼터 안에 있는 이들이 아닌, 혼자 숨어 있던 사람들인 것 같다.

당연하지만 난리도 이런 난리가 없다.

울부짖는 사람도 있었고 이곳이 어디냐고 따지듯 묻는 사람도 보인다.

아마 저게 일반적인 반응일 것이다.

심지어 무장을 하고 있는 이들이 다른 이들에게 보내는 태도 역시 이쪽과는 묘하게 다르다.

조금은 강압적이고 아래로 보는 태도.

"여기가 어딥니까? 지, 지금 도대체……."

"엄마. 엄마……. 어어어엉."

"곧바로 모일 수 있도록 합니다. 설명은 이후에 충분히 드리도록 하겠습니다. 일단은 바깥으로 함께 갑니다. 어이! 거기! 조용히 안 해?!"

"여기가 어디야! 여기가 어디냐고!"

"야! 저 새끼 당장 끌어내!"

"이거 놔!"

"어어어엉. 여긴 어디예요?"

"설명은 한꺼번에 드릴 수 있도록 한다고 이야기 드렸습니다. 통제에 따라주시기 바랍니다. 일단은 통제에 따라주셔야 합니다! 여러분은 안전합니다. 더 이상의 위험은 없습니다. 모두 통제에 따라주시기 바랍니다."

'좋네.'

우리를 대하는 태도와는 180도 다르다.

저게 일반적인 반응이다. 울고불고 살려달라며 패닉을 일으키는 것이 보통일 것이다.

그렇지만 우리 파티는 조금 다르다.

지나치게 침착한 김현성은 물론, 정하얀도 내 옆에 꼭 달라붙어 있을 뿐, 새로운 환경에 대한 반응을 보이지 않고 있다. 궁금한 게 많다는 듯 계속해서 질문 세례를 날리는 박덕구 역시 마찬가지.

이상희의 입장에서 본다면 조금은 당황스러울 수도 있을 것이다.

이 파티는 전 세계에 퍼져 있는 튜토리얼 던전을 최단 시간에 클리어했다.

심지어 고작 네 명이서.

그뿐만이 아니다.

눈에 띄게 침착한 것은 물론, 다른 생존자들을 따로 모아 쉼터까지 만들었다.

그녀가 조금 황당해하는 모습도 이해가 간다.

'대우가 다른 거구나…….'

싸우지 않고 숨어 있고 도망치며 살아왔던 이들과 대우가 다를 만하다. 애초에 공략조로 참가했다는 것만으로도 이 환경에 잘 적응할 수 있다는 걸 의미한다.

길드니 제국이니 공화국이니 하는 것을 보면 이곳에는 틀림없이 이익집단이 있다. 적절한 예인지는 모르겠지만 우리는 몸값이 오를 대로 오른 신인 스포츠 선수인 셈.

이들은 우리를 영입하려고 하는 구단이다.

우리같이 싹수가 좋은 선수가 소수라는 가정 하에 구단의 숫자가 많다고 한다면 예상할 수 있는 건 한 가지.

'우리가 갑이야.'

지금 당장은 우리가 갑이다.

김현성이 어째서 자신을 숨기는 것을 주저하지 않는지도 이해가 된다. 여우처럼 은근슬쩍 우리의 활약상에 대해서 설명하는 것을 보면 녀석 역시 몸값을 올리고 싶은 모양.

어차피 팔릴 거라면 최대한 비싸게 팔리는 것을 기대하고 있을 수도 있을 것이다.

물론 당장 김현성의 계획이 뭔지 이쪽이 알 수 있는 방법은 없지만 어느 쪽을 선택하든지 우리가 걸을 길은 꽃길이라는 말이다.

괜스레 입꼬리가 올라간다.

'좋구나. 회귀자 파티라는 거.'

"들어가시죠."

이상희가 우리를 안내한 곳 역시 꽤나 고급스러워 보이는 방. 튜토리얼 던전 근처에 있는 곳이라고는 이해할 수 없을 정도로 화려하다.

"음료는…… 아, 필요하다면 식사도 내어 드리겠습니다."

"먹을 게 있소?"

"네. 지구에서 먹던 것과는 조금 다르겠지만 아마 던전 안에서 먹던 것보다는 훨씬 나을 겁니다."

"그럼 부탁드립니다."

푸른색 깃발과 방 안에 있는 소품들은 이번 던전을 관리하는 파란 길드의 위상을 최대한 보여주려고 하는 것처럼 보인다.

오늘을 위해 꽤나 신경을 쓴 느낌이다.

당장 영입 제의를 하는 건지, 아니면 무슨 여러 절차가 남아 있는지는 알 수 없지만 대충 봐도 이쪽에 긍정적인 인상을 남기려고 노력하는 것처럼 보였다.

"아. 그러고 보니 여러분의 성함을 듣지 못했군요. 만약 실례가 되지 않는다면 여쭤도 되겠습니까?"

"김현성. 검사입니다."

직업명까지 말하는 것은 꽤나 의외.

그에 질세라 박덕구도 입을 열었다.

"방패병 박덕구요."

"저, 정하얀이라고 합니다. 직업은 마법사예요⋯⋯."

자연스럽게 시선이 내게로 향했다.

직업을 숨기는 것이 좋지 않을까, 잠깐 고민했지만 별로 숨길 필요가 없다고 판단했다. 몸값을 올리는 이 대열에 합류하는 게 좋을 것 같다고 생각한 나는 대충 고개를 끄덕였다.

"이기영. 연금술사입니다."

다른 셋과는 다르게 벌써 2차 전직을 마쳤다.

아마 내부 평가가 올라가 있을 거라고 생각해 만족스럽게 고개를 끄덕였을 때 보인 것은 뭔가 아쉽다는 얼굴의 이상희.

'어?'

틀림없이 잘못 본 것이 아니다.

분명히 잠깐이지만 무척 아쉽다는 반응이 스쳤다.

"아. 대⋯⋯ 단하시군요. 벌써 2차 전직까지⋯⋯."

대단하다고 말한 것치고는 조금 가슴 아프다는 말투.

자연스럽게 김현성을 바라볼 수밖에 없었다.

'연금술사 좋다며, 이 나쁜 놈아.'

녀석을 원망하는 것도 잠시.

뒤통수가 조금 얼얼하기는 하지만 김현성이 나를 속일 이유가 없다고 생각했다.

분명히 나에게 연금술사란 직업을 추천해 준 이유가 있을 것이다. 그렇지 않다면 굳이 영웅 등급의 아이템을 선물해 줄 리가 없다.

녀석에게는 별것 아닌 투자였을 수도 있지만 눈앞에 있는 이상희도 영웅 등급의 아이템을 2개밖에 가지고 있지 않다.

몇 년을 이 바닥에서 굴러먹었는지는 알 순 없지만 벌써 여러 차례 전직을 한 것은 물론, 스탯 역시 성장 한계치에 다다른 그녀를 기준으로 생각해 본다면 영웅 등급의 아이템은 분명히…….

'가치가 있어.'

단순한 물약 공장이 필요했던 것은 아닌가 하고 불안했지만 녀석의 태도를 보자면 꼭 그런 것 같지는 않다.

'믿어야 해.'

아마 지금 시점에서는 그리 고평가 받지 못하는 직업일 확률이 높다. 추후 어떤 방식으로든 연금술사가 귀해지는 시점이 올 것이다. 그것도 아니라면 성장 후반에 효율이 나오는 직업일 수도 있다.

일단은 우리 회귀자를 믿고 간다.

녀석도 생각 없는 바보는 아닐 테니 분명히 생각해 놓은 방향이 있을 것이다.

'물약 공장만 아니면 돼.'

그것만 아니면 된다.

여러 가지 생각을 하고 있는 사이에 식사가 나오고 조금은 애매한 분위기에서 식사가 시작됐다. 분명히 화기애애하지만 서로가 뭔가 원하는 게 있는 분위기.

박덕구야 오랜만에 보는 음식에 아무 생각 없이 접시에 코를 박고 있었지만 김현성이나 이상희나 서로 생각이 많아 보였다.

교묘하게 본론을 돌리며 여러 이야기를 하던 가운데 정곡을 찌른 것은 청순한 뇌를 가진 박덕구였다.

"어우 맛있다. 따뜻한 음식을 먹어본 게 얼마만인지 모르겠소."

"맛있게 드셔주시니 다행입니다."

"우리 할매가 공짜로 밥 주는 사람은 믿지 말라고 했었는데…… 아직 한국의 정이 살아 있나보오! 그렇지 않습니까? 형님?"

뭔가 정곡을 찔렀다는 표정이다.

그 기회를 놓칠세라 김현성이 급하게 말을 이었다.

"음……."

"생각해 보니 그렇군요. 덕구 씨의 말 그대로입니다. 이런 대우를 해주신 건 감사합니다만 어째서 이렇게 잘해주시는지 궁금하군요. 물론 불편하다는 건 아닙니다. 그렇지만…… 단순히 저희의 생환을 축하하는 자리로는 조금 과해 보이는 느낌이라서 말입니다. 단순한 호의였다면 죄송합니다."

"아, 아닙니다. 저야말로…… 죄송합니다. 지당한 말씀입니다. 모든 게 혼란스러우시겠지요. 여러분이 침착해 보여 제가 차마 헤아리지 못한 것 같습니다. 안에서 있었던 일들을 생각해 보면 사람을 쉽게 믿지 못하는 것도 이해가 갑니다. 저역시 그랬으니까요. 사전에 조금 더 자세한 설명을 드리지 못해 죄송합니다."

"아, 아닙니다. 그런 의도로 이런 말씀드린 게 아닙니다."

"일단 이곳의 배경부터 설명을 드리는 게 좋을 것 같군요."

"네. 감사드립니다."

"이곳은 지구와 조금 다르면서도 비슷한 구조로 돌아가고 있습니다. 왕국 연합과 공화국, 저희가 소속되어 있는 신성제국까지 크게는 세 개의 나라가 균형을 유지하며 살아가고 있지요. 물론 이곳에 포함되지 않은 자유국이나 다른 왕국도 있습니다만 가장 큰 규모를 가지고 있는 것은 앞서 말씀드린 세 나라입니다."

"아."

"물론 이 나라를 만든 것은 저희가 아닙니다. 아마 이곳에 오시면서 보실 수 있으셨을 겁니다. 이곳에는 저희 말고도 이 땅에서 살아온 현지인이 있습니다. 저희 지구인과 이곳을 살아가고 있던 주민은 복잡한 이해관계로 얽혀 있지요."

"아……."

"저희 파란 길드는 엄밀히 말하자면 베니고어 제국의 소속이기도 하고 아니기도 합니다. 저희는 그들의 법으로부터 자유롭지만 그들의 땅에서 살아가고 그들의 협력과 지원을 받고 있지요. 파란뿐만이 아닙니다. 이곳에서 터를 잡은 집단은 모두 베니고어 신성제국과의 계약으로 움직이고 있습니다."

대충은 이해가 간다.

어떻게 보면 다행이라고 할 수 있는 상황.

각 집단이 제국의 영향력을 벗어나 어느 정도 자치권을 가지고 있는 것이다.

물론 자유의 대가로 내놓아야 할 것들이 있을 것이다.

이를 테면 전쟁이 났을 때 징집된다든가 아니면 세금이라든가 하는 복잡한 것 말이다.

당장 나라가 뒤집어지지 않은 것을 보면 앞서 말한 세 나라는 이런 길드에게도 밀리지 않은 무언가를 가지고 있다는 게 된다.

무력이나 자원 같은 수단으로 자치권을 행사하는 길드들을 묶고 있을 것이다.

"그렇군요."

"튜토리얼 던전은 약 1년에 걸쳐서 한 번씩 열리게 됩니다. 신성제국에서는 저희 이방인들에게 튜토리얼 던전의 관리를 일임했죠."

"그게 파란 길드라는 소리요?"

"아닙니다. 관리는 어디까지나 로테이션을 기준으로 돌아가게 됩니다. 대형 길드와 중소 길드들이 모여 순번을 정하고 차례를 만들었죠. 이번 회 차를 맡았다는 것은 그런 의미입니다. 저희 파란 길드는 이번 회 차의 관리는 물론 여러분들에 대한 첫 번째 교섭권을 얻게 되었습니다."

"공평하군요."

그 공평함은 신성제국이 만들었을 것이다.

지구인들끼리 우리 공평하게 나눠먹자고 순번을 정하는 모습은 왠지 모르게 상상이 가지 않으니까.

지구인이 하나로 뭉치는 것을 경계해 제국 내에 있는 길드들의 균형을 맞추려고 한 것이 틀림없다. 아마 이것 말고도 여러 장치가 있을 것 같지만 굳이 내가 알아야 할 이유는 없다.

"그렇다면 우리가 퍼런 길드? 그곳에 소속된다는 말이요?"

"아닙니다. 어디까지나 첫 번째 교섭권이라도 말씀드렸습니다. 굳이 지구의 상황으로 표현하자면 저희는 기업, 여러분은 입사와 연봉 협상을 기다리는 사람이라고 생각하시는 게 이해하기 편하실 겁니다."

"이해했습니다."

예상했던 그대로다.

"이 넓은 방이나 음식은 저희가 여러분께 드리는 뇌물이라고 생각하셔도 됩니다. 네. 그런 것이죠."

뭔가 조금 씁쓸한 웃음이었다.

모든 게 내 추측대로 돌아가고 있기는 하지만 예상하지 못했던 것은 이상희, 이 여자의 반응이었다.

'지나치게 솔직해.'

말 그대로다.

사실 이상희의 자리에 있는 게 나였다면 방금 이야기에 거짓말을 절반 이상 버무렸을 것이다.

꽤나 긴 이 이야기는 굳이 거짓말을 버무릴 필요도 없다.

개인의 주관적 견해보다는 대륙을 둘러싸고 있는 현실에 대해서만 서술한 사실이었다.

성향을 보고 예상은 했지만 이 여자는 지나치게 올곧다. 아마 그런 솔직함이 이 여자를 저 자리까지 오르게 한 것이 틀림없으리라.

파란 길드에서 우리에게 보여주고 싶은 모습도 분명 이런 것임이 분명해 보였다.

'절박하구나.'

저들은 현재 절박하다.

나는 곧바로 입을 열었다.

파란 길드에 대한 질문이었다.

"질문이 있습니다만."

"네."

"베니고어 제국에서의 파란 길드의 위치는 어느 정도입니까?"

뭔가 우물쭈물한다.

그렇지만 결국 그녀는 고개를 끄덕이며 입을 열었다.

"파란 길드는 신성제국을 대표하는 길드 중 하나였습니다. 규모가 크다고는 말할 수 없지만……."

"과거형이로군요."

"……네. 피치 못할 사정 있다고밖에 드릴 말씀이 없습니다. 그렇지만 앞으로의 가능성에 대해서 생각해 주셨으면 합니다. 다른 대형 길드 못지않은 성장 가능성을 가지고 있는 것은 물론, 여러분에게 제시할 금액이나 조건도 다른 길드에 밀리지는 않을 겁니다."

우리의 뭘 보고 우리를 데려가려고 하는지에 대해서는 알 수 없다.

막말로 그녀가 거액을 주고 우리를 영입한 뒤에 우리가 그에 상응하는 결과물을 내놓지 못한다면 똥을 금값을 주고 산 셈이 된다.

물론 던전을 최초로 통과했다는 것.

그것도 4명이서 믿을 수 없는 결과물을 만들었다는 점 등을 보면 투자하는 것도 나쁘지 않겠지만 그렇다고 하기에는 꽤나 급해 보이는 느낌이었다.

'진짜로 절박하다.'

뭔 일인지는 모르겠지만 지금 파란 길드가 처한 상황은 정말로 절박한 것이 분명하다. 그렇지 않고서야 이런 도박을 할 이유가 없다.

"지금 당장은 말씀드리기 조금 그렇군요. 그렇지만 이야기를 들어보는 것은 나쁘지 않아 보입니다."

"아. 감사합니다."

김현성은 의외로 긍정적인 분위기.

이야기를 들어보는 것 정도는 괜찮다는 느낌이었다.

아마 아직까지 제대로 된 행선지를 정해놓지는 않은 느낌이다.

'이곳도 후보라는 건가?'

확률이 아예 없는 것은 아닐 것이다. 한때 정점에 있었지만 몰락 중인 길드. 그럴듯한 먹잇감이다.

아무튼 간에 우리 쪽이 긍정적인 입장을 취하자 이상희는 얼굴이 밝아졌다.

"그럼 오늘은 푹 쉬시고. 내일…… 괜찮으시겠습니까?"

"네. 그렇게 하겠습니다."

김현성이 슬쩍 고개를 끄덕였다.

이상희는 웃는 얼굴로 고개를 끄덕였고 우리를 각자의 숙소로 안내해 주기 시작했다.

끈적끈적하고 기분 나쁜 땅바닥과는 다르게 꽤나 고급스러워 보이는 침대가 있는 방은 환호성을 지르고 싶을 정도다.

이런 게 영업이다.

계약을 체결하는 순간 나 몰라라 할 가능성이 아예 없는 것은 아니지만 적어도 계약 전까지는 왕 같은 생활을 즐길 수 있을 것 같았다.

"불편하신 게 있으시면 불러주세요. 저는 이만."

"네. 신경 써주셔서 감사합니다."

그녀가 나간 뒤에 슬쩍 이쪽으로 시선이 쏠린다.

뭔가 이 상황에 대한 코멘트를 기대하고 있는 것 같은 느낌. 어차피 선택은 김현성이 하는 것이겠지만 나는 박덕구의 시선에 못 이기는 척 슬쩍 입을 열었다.

"조금 갑작스럽기는 합니다만 이런 구조로 돌아가고 있을지는 몰랐습니다. 이런 귀빈 대접이 도통 적응이 되지 않습니다."

"나도 그렇소, 형님. 끄응. 계약이니 제국이니 뭐니 머리 아픈 것 투성이요. 누님은 조금 이해했소?"

"네. 대충은……."

"간단하게 생각하시면 됩니다. 덕구 씨, 하얀 씨. 저희는 지금 대접받는 위치에 있습니다. 아마 파란뿐만이 아닐 겁니다. 첫 번째 교섭이 끝난 이후에는 아마 다른 곳에서도 여러 제안이 들어올지도 모릅니다."

"머리 아픈 건 질색인데……."

"쉽게 생각하시면 됩니다. 어떤 곳으로 가는 것이 제일 유리한지에 대해서 말입니다. 오히려 대형 길드보다 이곳이 나을지도 모릅니다. 조건은 조금 안 좋을 수도 있지만 지금 당장 저희를 필요로 하는 곳이니 대우는 어느 정도 보장될 겁니다."

"아. 지원을 해줄 수 있는 곳으로 가자는 말씀이십니까?"

"네. 단순한 느낌입니다만 이상희 씨…… 나쁜 사람처럼 보이지는 않더군요. 파란 길드도 마찬가지였습니다. 무슨 이유로 몰락한 건지는 알 수 없지만 길드 재건에 신경 쓰는 만큼 결코 섭섭하게 하지는 않을 것 같습니다."

김현성의 말에 슬쩍 고개를 끄덕였다.

고개를 돌려 보니 정하얀과 박덕구는 이런 이야기에는 도통 관심이 없는지 멍한 표정이다.

아무래도 이곳에서 생각이 있는 것은 나와 김현성뿐인 것 같았다.

조금 의외였던 것은 놈이 독립할 생각이 없어보였다는 것. 그리고 파란 길드에 대해서 꽤나 우호적이었다는 것이었다.

'이상희?'

뭔가 커다란 연관은 없는 사람처럼 보였지만 1회 차에서 김현성이 활동한 길드일 수도 있다는 생각을 해보게 된다. 그렇다면 다시 파란에서 활동하는 것 역시 나쁘지 않을 터.

"그럼 파란으로 하는 거요?"

"오빠?"

"그건 조금 더 생각해 봐야 될 것 같다. 내일이 와야 알 수 있겠지. 아직 어느 것 하나 결정된 게 없으니까. 조금은 여유를 가지는 편이 나을 거야."

"네. 여러 가지 가능성을 고려해야 합니다. 네. 여러 가능성 말입니다."

말을 아끼는 분위기.

녀석이 무슨 생각을 하는지 도통 알 수가 없었던 나는 일단은 침대에 누웠다.

어제 밤을 새운 탓에 졸음이 덮쳐왔기 때문이다.

미리 이야기했던 대로 다음 날 아침부터 주변은 꽤나 분주했다.

쉼터 안에 있던 이지혜나 다른 이들이 어찌됐든 내 알 바 아니지만 아마 그들도 무사히 구출되어 우리와는 다른 곳에서 묵고 있을 것이다.

당장 급한 것은.

'교섭.'

그리고 저들이 어떤 제안을 해오는가에 대해서.

아마 어젯밤 밤을 꼴딱 새웠을 것이다.

우리 네 명을 영입하는 데 어느 정도의 금액과 어느 정도의 지원을 해줘야 되는지에 대해 생각해 봐야 했을 테니까.

파란 길드의 중역들에게는 오늘이 어쩌면 가장 중요한 날로 여겨질 수도 있다고 생각했다.

아침을 먹고 몸을 씻은 이후 대충 기다리니 역시나 우리를 부르는 이들이 보였다.

혹시나 단체로 협상을 하지 않을까에 대해서 생각해 봤지만 당연히 그런 일은 벌어지지 않았다.

"현성 씨."

"예."

첫 번째 타자는 김현성이었다. 무슨 일이 있는지는 모르겠지만 김현성이 들어간 이후에는 박수 소리마저 들려온다.

두 번째인 정하얀과 박덕구 역시 마찬가지.

당연하지만 단순한 면접 말고도 여러 가지 테스트를 하는 모양이다.

'이런 분위기는 질색인데…….'

말 그대로 질색.

내 모든 게 까발려지는 느낌이 들었기 때문이다.

조금 멀뚱멀뚱한 표정으로 바깥으로 나오는 박덕구와 정하얀이 부럽다.

내 능력치 자체는 김현성과 박덕구, 정하얀에 비해 형편없다. 아마 마법을 사용한다면 내가 함정 카드라는 것이 알려질 것이 당연하다.

그렇지만 결코 나쁜 능력치는 아니다.

한계는 있지만 현 시점만 두고 본다면 나는 꽤나 능력 있는 연금술사다. 지력도 높고 남들이 가지고 있지 않은 마력까지 가지고 있다.

아마 비슷한 가격으로 책정되지 않을까 하는 생각이 들었을 때 안쪽에서 목소리가 들려왔다.

"기영 씨."

"네."

문을 열자 이상희를 비롯한 몇몇 사람이 나를 기다리고 있었다. 아마 길드의 중역이나 인사 담당자일 것이 분명.

중년 남자가 안경을 고쳐 쓰며 입을 열었다.

"기영 씨는 직업이 분명…… 아. 연금술사라고 하셨죠."

"네. 두 번째 직업이 개방되었을 때 연금술사를 선택했습니다.”

　뭔가 마음에 들지 않아 하는 것 같은 분위기에 조금 당황했다.

　이상희는 그나마 나았지만 다른 이들 같은 경우에는 한숨을 쉰다든가 인상을 찌푸리는 것이 보인다.

　분위기를 보니 안쪽에 있는 연무실 같은 것도 사용하지 않을 모양. 김현성, 박덕구, 정하얀과는 다르게 내게는 아무런 주문도 없다.

　장기자랑 같은 건 보여주지 않아도 되는 모양이다.

　조금 차가운 분위기에 당황한 것은 나뿐만이 아니다. 이상희가 분위기를 환기시키려는 듯 내 쪽을 바라보며 활짝 웃었다.

　“계약금으로 1,500골드 한화로는 1억 5천만 원입니다. 계약기간은 다른 분들과 마찬가지로 7년. 연봉은 700골드……어떻습니까? 물론 이후에 연봉 재협상을 하는 것은 물론, 필요하신 물품에 대해서는 최대한 지원해 드릴 수 있도록 하겠습니다.”

　옆에 있는 할배가 질세라 말을 열어오는 꼴은 가관.

　“다른 분들과 함께 들어왔을 때의 경우입니다.”

　이쯤 되면 이게 무슨 상황인지 알 수 있다.

　‘이 거지 같은 놈들이…….’

　이놈들이 나를 멍청이로 보고 있다는 걸 말이다.

　사실 결코 나쁜 이야기는 아니다.

한화로 1억 5천만 원.

이곳의 화폐 단위로는 1,500골드의 계약금 그리고 연봉 700골드까지. 연봉은 한화로 무려 7천만 원이다.

이곳에 들어온 신입이 어느 정도의 평가를 받는지에 대해서는 모르지만 솔직히 신경 써줬다는 느낌은 있다.

당장 듣기에는 액수가 꽤나 크게 느껴졌으니까.

그렇지만 이들은 나를 환영하지 않고 있다.

이유는 여러 가지가 있겠지만 일단 내 잠재 능력이 일반 이하라는 사실은 모를 것이다. 눈앞에 있는 이들의 상태창에 마음의 눈과 비슷한 특성은 없다.

연금술사라는 직업 그리고 상대적으로 미약한 마력 정도가 감점 원인이 됐으리라.

굳이 설명하자면 계륵 같은 느낌. 먹기에는 부담스럽고 그렇다고 버리자니 뭔가 아쉬운 것이 있는 것이다.

'맞아.'

'이 파티 전체를 영입하기 위해서 나 하나에게 이 정도로 투자할 가치가 있을까?'라는 느낌이다.

머릿속으로 잠깐 상황을 정리하는 사이 이상희가 다시 한 번 입을 열었다.

"그뿐만이 아닙니다. 지금 다 설명드릴 수는 없지만 여러 가지 복지도 준비되어 있습니다. 지구와 비슷하다고 생각하시면 될 겁니다. 대표적으로는 상해보험이나 사망보험 등 기본 보험은 물론, 길드 내에 있는 시설을 이용하는 것도 가능합니다. 개인 코치 역시 붙여드리도록 하겠습니다. 아! 만약에 결혼하거나 아이가 생겼을 때에도 기본적인 지원금이 나가게 됩니다. 사실 결혼하시는 분들은 그다지 많지 않지만……."

"아아 그렇군요. 따로 이유가 있습니까?"

"아마도 알 수 없는 위험에 노출되어 있기 때문일 겁니다. 튜토리얼 던전 자체보다는 상황이 좋을지도 모르지만 이곳에도 몬스터와 던전 같은 것이 존재합니다. 파란 길드는 주로 던전 탐험이나 몬스터 사냥을 통해 길드를 유지하는 편이라……. 물론 사냥을 나가는 만큼 성과제도 역시 운영하고 있습니다. 사냥이 끝난 뒤에 나오는 몬스터의 부산물은 길드와 사냥을 나간 파티가 약 40%에서 60%의 비율로 나누게 됩니다. 정확한 수치는……."

"위험에 노출되어 있다는 말이 되는군요. 계약금과 연봉에는 위험수당까지 포함되어 있는 겁니까?"

"네. 아마 체감하시는 것보다 조금 큰 금액이실 겁니다."

조금은 솔직하다.

사실 꽤나 전문적이라고 느껴졌다.

지구인이 이곳에 자리 잡은 지 얼마나 됐는지는 모르겠지만 이미 어느 정도 가닥이 잡혀 있는 느낌.

특히나 보험의 존재는 상상도 하지 못했다.

'똑똑하네.'

"연금술사로서 필요한 촉매 역시 이쪽에서 최대한 지원해 드리도록 하겠습니다. 물론, 가격이 값비싼 물건들은 지원해 드리기 힘들 수도 있기는 하지만……."

"이상희 님."

"솔직하게 말씀드리는 것이 좋습니다."

"흠……."

"저희 파란 길드에서 맞춰드릴 수 있는 건 이 정도입니다."

그나마 이 이상희라는 여자의 태도는 나쁘지 않다.

이쪽을 존중하는 것 같은 모습을 보여주고 있었고 나름대로의 절박함도 가지고 있다.

그렇지만 양옆에 앉은 나이든 할배들이 문제. 연신 한숨을 내쉰다든가 이쪽의 등급을 매기고 있는 듯한 느낌이었다.

이들은 틀림없이 고인 물이고 썩은 물이다.

애초에 이쪽이 박덕구나 정하얀과 어떤 관계를 유지하고 있는지 모르는 것이 분명하다. 공략을 함께한 동료라는 건 꽤나 무게감 있는 울림인 줄 알았는데 바깥은 또 그게 아닌 모양이다.

'비일비재했겠지.'

어쩌면 던전에서 함께 나온 이들이 조건이나 돈, 혹은 개인적인 사정 때문에 찢어지는 상황을 많이 봐왔을지도 모른다.

사실 말이 좋아 생사를 함께한 동료들이다.

불과 3개월 전까지만 해도 생판 모르던 남이었던 걸 생각해 보면 주변 환경에 의해 찢어지는 것도 무리는 아니다.

지구에서도 형제나 가족, 둘도 없는 친구 사이가 이해관계 때문에 무너지는 것을 보면 그런 어른의 사정은 여기나 그곳이나 똑같을 것이다.

물론.

'우리 파티에 해당되는 이야기는 아니야.'

절대로 아니다.

돈독이 오를 대로 오른 박덕구는 상상이 안 가기도 하고 무엇보다 정하얀이 나를 내팽개칠 리가 없다.

이미 이쪽에 투자한 것들이 많은 김현성도 마찬가지.

저들이 생각하는 것보다 우리는 조금 더 끈끈하고 저들이 알지 못하는 이해관계로 얽혀 있다.

나에게 이런 태도를 보내는 것 자체가 우스울 정도.

그나마 네 명을 포섭하기 위해 이쪽에도 좋은 조건을 들이 밀었다는 건 칭찬할 만한 이야기가 되지만 정말로 절박했다면 조금 더 저 자세로 나왔어야 했다.

기분이 나쁘기는 하지만 나쁘지 않기도 하다.

오히려 이런 상황은 내게 무척이나 즐겁게 다가온다.

'멍청이들.'

조금 더 나를 홀대하고 무시해 줬으면 좋겠다.

그게 더 유리하니까.

"사실 잘 모르겠지만 좋은 조건처럼 보이는군요. 많이 신경 써주셨다는 걸 알겠습니다."

"네. 섭섭하지 않으실 겁니다."

"혹시 파란 길드 내에는 비전투직군이 있습니까?"

"네."

슬쩍 운을 띄어보자 역시나 옆에 있던 할배 한 명이 입을 열었다.

"그렇습니다, 기영 씨. 사실 엄밀히 말하자면 연금술사는 비전투직군으로 분류되어 있습니다. 그리고 연금술사에게 이 정도로 계약 조건을 걸 길드는 없을 겁니다."

"아, 그렇군요. 그거 참 이상하군요. 분명히 연금 마법이라는 선택지가 있을 텐데."

"별로 효율이 좋지 못하기 때문입니다. 촉매를 이용해 마법을 발동시킨다고는 하지만 기본적으로 몬스터의 부산물들은 가격이 비쌉니다. 연금술사들이 자주 사용하는 연성진도 그다지 효율적이지는 않지요."

"아."

"연금술사 본인이 마력에 여유가 있다면 조금 이야기가 달라집니다만 혹시 마력 스탯이 얼마나 되는지 물어도 되겠습니까."

"8입니다."

"으음. 전직을 두 번 한 것치고는 그리 높은 것 같지 않군요. 혹시나 마력의 성장이 조금 더딘 것은 아닌지……."

"네. 지력에 비해서 빠르게 오르는 것 같지 않더군요. 동료 마법사에 비해서 말입니다."

"아아. 그렇군요. 알겠습니다."

그럴 줄 알았다는 표정이다.

아무래도 방금 대화 때문에 내부 평가가 조금 더 내려간 모양이다. 그나마 김현성이나 정하얀 때문에 이쪽을 받아준다는 것 같은 말투.

"다른 분들에게도 말씀을 잘해주신다면 섭섭하지 않게 해드리겠습니다. 어떻습니까?"

그럼에도 불구하고 스리슬쩍 계약서를 이쪽에 보이는 모습은 가관.

나는 일단 계약서를 힐끗 본 뒤 천천히 말을 이었다.

"글쎄요. 조금 더 생각해 봐야 될 것 같군요."

"그게 무슨……."

"아. 일단은 긍정적으로 보고 있습니다만 조금 생각해 볼 여유를 주셨으면 합니다."

"아아아. 비교적 빨리 답을 주셨으면 합니다. 저희도 시간이 남아돌지는 않은지라……."

"네. 최대한 빠르게 생각해 보도록 하겠습니다."

"그리고 다른 분들께도 잘 이야기해 주셨으면 합니다."

"네. 물론입니다."

슬쩍 몸을 일으켰을 때 이상희가 조금 급하게 말을 걸어왔다.

"파란 길드의 카탈로그와 계약서에 포함되어 있는 내용입니다. 생각하시는 동안 읽어 보시면…… 아마 도움이 될 겁니다."

"나중에 읽어 보겠습니다."

굳이 볼 가치도 없다.

'어차피 며칠 내에 모든 내용이 뒤바뀌어 있을 테니까.'

밖으로 나가자 나를 기다리고 있는 박덕구와 정하얀 그리고 김현성이 보였다. 잘하고 왔냐고 물어보는 듯한 눈빛에는 아무 말하지 않고 웃음으로 대답했다.

"형님은 뭐 별다른 시험 같은 건치지 않았소?"

"뭐. 그렇지."

"사실 대우가 꽤나 괜찮은 모양이오."

"그래?"

"네. 그렇습니다, 기영 씨. 개인적으로 조금 알아봤습니다만 다른 대형 길드도 이 정도 조건을 제시해 주지는 않는 것 같더군요. 아마 이들의 말이 사실인 것 같습니다. 성장 가능성이 확실하지 않음에도 이 정도라면……."

"네. 사람들도 좋으신 분들 같더라고요, 오빠."

"아마 저들의 입장에서도 나름대로 도박을 하는 것 같습니다. 이번 영입을 성공적으로 마쳐야 한다는 압박감이 있겠지요. 사람이 곧 자원이라고 생각하는 이들이니 말입니다."

별로 그런 생각을 하고 있는 놈들처럼 보이지 않았다.

"조금 이른 판단일지도 모르지만 어떻습니까? 대형 길드에 있는 것보다는 이곳에서 확실한 지원을 얻는 게 조금 더 좋을 겁니다."

"형님만 좋다면 나는 찬성이오."

"저도……."

역시나 우리 충성스러운 덕구와 사랑스러운 하얀이는 나를 배신하지 않는다.

문제는 김현성이 파란 길드에 꽤나 우호적이라는 것.

게다가 조금 급해 보이기까지 하다.

아무래도 개인적으로 세력을 형성하는 것보다는 이쪽에 기반을 마련하는 걸 생각하는 느낌이었다.

나 같아도 같은 선택을 할 것이다.

개인적으로 세력을 형성한다면 확실히 장점은 있다. 온전히 우리 뜻대로만 움직이는 것은 물론, 선택지가 꽤나 넓어진다.

그렇지만 파란 길드에 들어가는 것 역시 장점이 없는 것은 아니다.

지금까지 이 길드가 쌓아온 인프라를 한꺼번에 꿀꺽할 수 있다는 것이 첫 번째.

김현성이나 정하얀 정도라면 길드의 주축 세력이 되는 것은 일도 아닐 것이고 순식간에 녀석들을 따라잡을 수 있을지도 모른다.

놈의 선택은 확실히 합리적이다.

"물론 급할 이유는 없습니다. 조금 더 이야기를 해보고 생각하는 게 좋을 것 같지만……. 저는 이 길드가 조금 마음에 드는군요."

김현성이 뭔가 대답을 바라는 눈빛을 보냈다.

굳이 초조해하지 않고 천천히 입을 열었다.

"조금 더 생각해 보는 게 좋을 것 같습니다."

"아…… 혹시 마음에 들지 않으십니까?"

"아뇨. 딱히 그런 것은 아닙니다. 다만."

"예."

"몸값을 조금 더 불릴 수 있을 겁니다."

"네?"

"저희의 몸값 말입니다. 이왕이면 다홍치마인 게 좋지 않겠습니까. 아마도 조금 더 확실하게 몸값을 올릴 방법이 있을 겁니다."

"아······."

혹시나 김현성이 파란 길드를 소중하게 생각한다면 이야기가 달라지겠지만 딱히 그런 것처럼 보이지는 않는다.

녀석도 어디까지나 세력이 필요할 뿐이라는 이야기가 된다.

조금 깜짝 놀란 것을 보니 뭔가에 쫓기는 것처럼 보였던 녀석도 제정신으로 돌아온 모양. 자신이 어느 정도에 위치에 있는지를 이제 실감한 것 같았다.

녀석의 계획이 뭔지 모르겠지만 우리 파티는 아직 시간적인 여유가 있다.

튜토리얼 던전에서 빨리 나온 만큼, 놈이 생각하는 미래에 차질은 없을 것이다.

"무슨 이야기를 하시는지······ 알 것 같군요."

"네. 계약은 굳이 서두를 필요가 없습니다, 현성 씨. 질질 끌수록 초조해지는 건 저쪽이 될 겁니다."

김현성은 내가 무슨 말을 하는지 확실히 알아들었다.

"그럼······ 거기에서 더 받을 수 있다는 거요? 사실 돈은 별로 그다지 상관이 없기는 한데."

"뭐. 그렇지."

"혹시 말이요. 혹시나 형님은 다른 곳으로 갈 생각인 거 아니요?"

"그, 그건 안 돼요. 오빠!"

"그런 건 아니야. 나도 너희와 함께하고 싶다. 물론 현성 씨도 같이. 그렇지 않습니까?"

"예. 비록 이런 이상한 장소가 맺어준 인연이지만…… 기영 씨와 덕구 씨 그리고 하얀 씨와는 함께 가고 싶군요."

꽤나 훈훈한 모습이다.

김현성을 바라보니 나도 모르게 히죽 웃음이 나왔다.

'형이 돈 많이 벌게 해줄게, 현성아.'

파란 길드가 우리에게 제시한 것은 이른바 긁지 않은 복권에 대한 투자였다.

신입들에게 과할 정도로 느껴질 정도의 조건을 제시한 것이다.

고작 4인 파티로 이루어진 공략조가 최단 시간 안에 튜토리얼 던전을 공략한 건 저들 입장에서도 놀랄 일이겠지만 그럼에도 이 정도 조건을 제시한다는 것은 파란의 수뇌부가 그렇게 멍청하지는 않다는 이야기가 된다.

'멍청하지는 않아.'

오히려 유능한 편에 속한다고 할 수 있으리라.

슬쩍 옆을 바라보자 박덕구가 뭔가를 열심히 읽고 있는 것이 보여 천천히 입을 열었다.

"카탈로그 읽고 있어?"

"뭐, 그렇소. 아무래도 우리가 지내야 될 곳일지도 모르니까 읽어보는 게 좋을 것 같아서 말이오. 여기 길드 식당이 그렇게 끝내 준답니다."

"음?"

"거, 지구에서 있었을 때 스타 쉐프 레이먼 박인가 뭔가 하는 양반이 식당을 책임지고 있다는데. 보기만 해도 군침이 도는 게……."

"아아아아."

"숙소도 끝내주는 것 같고. 크으. 이런 곳에서 박덕구가 이리 출세하게 될 줄은 누가 알았겠소. 우리 할배가 이 모습을 봤어야 되는데……."

진담으로 던진 말인지는 모르지만 아마 박덕구의 할아버지는 녀석이 이런 세상에서 살아가고 있는 걸 원하지 않을 것이다.

"길드가 아주 으리으리한 것 같은데. 도대체 다른 길드는 얼마나 크다는 거요?"

"아마 별 차이는 없을 거야. 본인들 입으로 예전 같지 않다고 말했지만 부자는 망해도 3년은 가는 법이니까. 그동안 쌓아온 게 있다면 버틸 수 있다는 여력이 있다고 봐야지. 우리를 영입하려는 것 역시 예전과 같은 영광을 되찾고 싶어서 인지도 모르고."

"오. 뭔가 대접받으니까 특별한 사람이 된 것 같은 느낌도 들고 기분이 나쁘지만은 않소, 형님."

"앞으로는 더 대접받게 될 거야."

"정말이요?"

"물론."

얼마 걸리지 않을 것이다.

긁지 않은 복권, 그 말이 맞다.

우리는 긁지 않은 복권이다.

그것도 꽤나 당첨 확률이 높은 상품이다.

지금 위치에서 받을 수 있는 금액이 이 정도. 당연하지만 당첨 사실이 확실해진다면 우리의 가격은 이전보다 상상도 할 수 없을 뛸 수 있을 것이다.

"그것보다 누님 표정이 조금 좋지는 않은 것 같았는데……역시 누님은 형님이랑 떨어지기 싫은가 보오. 거, 누님 좀 잘 챙기쇼."

"네가 그런 말을 하지 않아도 충분히 잘하고 있어. 이건 필요한 일이니 어쩔 수 없어."

"그래도."

'네가 굳이 말하지 않아도 돼…….'

굳이 박덕구가 저런 식으로 설계를 하지 않아도 정하얀에 대한 중요성은 그 누구보다 내가 제일 잘 알고 있다.

김현성 파티라는 복권이 당첨이 확실하다고 말할 수 있는 이유 중에 하나였으니까.

전설 등급의 마력 재능을 가진 미래의 대마법사 정하얀 그리고 두말하면 서러운 회귀자 김현성까지.

잠재 능력이라는 건 단순히 능력치의 한계선을 말하는 것이 아니다.

잠재 능력이 높은 플레이어는 스탯이 오르는 속도가 그만큼 빠르다.

내 지력이나 행운이 바로 그러한 케이스.

정하얀의 경우에는 무서울 정도로 마력 능력치가 성장하고 있었고 이미 2차 전직을 마치기도 했다.

'원소 마법사.'

김현성과 내 추천으로 선택한 2차 직업이다.

애초에 화염 마법사 하나만 열렸던 나와는 다르게 정하얀은 모든 원소에 친화력이 있었던 모양이다.

연금술사는 정하얀의 전직 목록에서 찾아볼 수조차 없었다.

애초에 정하얀이 가지고 있는 특성 '마법사가 되는 방법'은 마법사로서의 성장을 장려하는 특성이다.

튜토리얼에서 잊고 있었던 퀘스트 완료에 대한 보상, 스탯 포인트 2와 정하얀의 재능을 생각해 본다면 이미 그녀의 성장은 정해진 사실이다.

필요한 것은 약간의 계기. 아주 약간의 계기였다.

던전에서 있었던 일이 트라우마가 되었는지는 모르겠지만 일단 본인이 가장 열의가 있다는 것이 중요했다.

여기에 플러스로 나와 정하얀 사이에 자리 잡을 수 있는 무언의 규칙을 만들었다.

마치 말 잘 듣는 학생에게 조금씩 상을 주는 것처럼 정하얀이 성과를 낼 때마다 이쪽에서 먹이를 던져주는 것이다.

물론 효과는 내가 상상하는 것 이상이었다.

단순히 칭찬하는 것을 시작으로 조금씩 스킨십의 강도를 올리는 것.

처음에는 머리를 쓰다듬고 깍지 손을 잡아주는 게 고작이었지만 조금씩, 아주 조금씩 그 수위를 올려나가자 미친 듯이 성과에 집착하기 시작했다.

본인이 강해지는 것이 중요한 게 아니라 칭찬을 받고 보상을 받는 것이 목적인 것 같다.

성과가 없을 때에는 다소 냉랭한 반응을 보여주는 것 역시 정하얀을 꽤나 절박하게 만들었다.

아마 박덕구가 말한 것은 이번에 생긴 일 때문일 것이다.

특히나 시연회를 앞뒀을 때는 거의 얼굴을 보지 않았으니까.

애초에 밥만 먹어도 마력 능력치가 오르는 종류의 인간이다. 이런 인간이 눈에 불을 켜고 성과를 올리려고 하는데 능력치가 오르지 않은 것이 이상하다.

우리 중, 개인 훈련 시간에 가장 힘쓰는 사람은 박덕구도 나도, 김현성도 아닌 정하얀.

대충 고개를 끄덕이며 아까의 말을 이었다.

"애초에 내가 같이 있으면 하얀이가 집중을 못 하니까. 그래서 잠깐 떨어져 있었던 것뿐이야."

"끄응. 그건 그렇지만……."

"파란 길드의 중역들과 다른 대형 길드의 스카우터들도 모이는 곳에서 하는 시연회인데, 괜히 나 때문에 일을 망치면 안 되니까. 안 그래도 이번 일이 성공적으로 끝나면 함께 있기로 했어."

"거 밤마다 훌쩍이는 소리가 들려와서……."

"조금 떨어져 있는 법도 배워야 해. 언제까지 내가 붙어 있을 수는 없으니까. 마침 이번이 좋은 계기가 된 거지. 고작 일주일뿐이었으니까."

"끄응. 애초에 이런 시연회를 왜 하는 건지……."

"운동선수에겐 일상이야. 우리가 어느 정도 가치가 있는지 저들도 알아야 정확한 가격을 책정할 수 있을 테니까. 조금 안됐지만…… 나 때문에 이번 일을 망치는 건 하얀이에게도 안 좋을 거다."

"거, 생각하면 생각할수록 누님이 형님을 정말로 좋아하는 것 같소."

정말로 좋아하는 정도로 끝났으면 그나마 나았을 것이다.

단순히 좋아하고 사랑하는 감정을 넘어선 지 이미 오래다.

그것도 박덕구의 설계 덕분에⋯⋯.

모르는 척하는 건지 아니면 정말로 모르는 건지 궁금할 지경.

나는 슬쩍 몸을 일으킨 이후에 녀석에게 입을 열었다.

"그럼 가자."

"거, 같이 갑시다, 형님."

"빨리 와."

"끄응."

발걸음을 옮기기 시작하자 여러 풍경이 보인다.

튜토리얼 던전과는 완전히 다른 느낌이다.

고급스럽고, 안전하고, 대우받고 있다는 느낌이 든다.

창문 밖을 보니 쉼터에 있었던 이들이 모여 뭔가 하고 있는 것이 시야에 비쳤다. 아마도 기본적인 교육이나 이곳에서 필요한 교육을 받고 있으리라.

이지혜가 잠깐 생각이 나긴 했지만 가볍게 무시하고 발걸음을 옮기니 눈에 들어온 것은 내부 연무장.

벌써부터 사람들이 꽤나 많다.

마음의 눈으로 주변을 훑어본 것은 당연지사.

능력치의 높고 낮음 이전에 입고 있는 옷들이 꽤나 고급스럽다.

파란 길드의 중역뿐만이 아니다. 각자 다른 깃발을 내걸고 마치 어딘가의 대기업 이사님처럼 연무장을 바라보는 이들은 확실히 대형 길드에서 한자리 차지하고 있는 이들처럼 보였다.

'스카우터?'

그래, 아마 스카우터일 것이다.

저들의 시선을 따라가자 시야에 비친 것은 잔뜩 긴장한 표정의 정하얀. 꽤나 오랜만에 보는 느낌이다.

파란 길드의 1차 교섭권이 마무리 지어진 채로 시연회가 결정된 것이 벌써 일주일 전. 중간에 상태를 확인하기 위해 만난 것을 제외하면 정하얀을 보는 것은 정확히 3일 만이다.

겨우 3일 못 본 게 뭐가 대수냐고 말하자면 할 말 없지만 적어도 정하얀에게는 고통스러운 시간이었던 모양이다.

"조금 마른 것 같지 않소?"

"조금."

말랐다는 느낌보다는 조금 피곤한 느낌이다.

밤마다 훌쩍거렸단 덕구의 말이 정말이었는지 눈시울이 묘하게 붉다.

시연회가 있는 날 보러 온다고 미리 말해놨기 때문에 제법 자신을 가꾼 것처럼 보였지만 전체적으로 상태가 좋아 보이지는 않았다.

주변을 계속해서 두리번거리는 것을 보니 날 찾고 있는 모양.

조금 불안해 보이는 모습에 수군거리는 목소리가 들려오기 시작했다.

"으으음. 기대했었는데……."

"조금 상태가 이상해 보이지 않습니까?"

"아마 긴장해서 그런 게 아닐까 싶습니다. 그리고…… 던전에서 나온 지 얼마 되지 않았으니까요. 저 정도면 그나마 조금 양호한 편입니다."

"최단 시간이라서 조금 기대했었는데 뭔가 정신적으로……."

누구의 목소리인지는 모르겠지만 사람 하나는 제대로 봤다.

'안 좋은데.'

어딜 봐도 뭔가 불안한 것 같은 모습이다.

2층에 있는 우리를 발견할 수 있을까 생각했지만 여전히 초조해 보인다.

결국 슬쩍 손을 들자 나를 발견한 정하얀이 활짝 미소를 보내오는 것을 볼 수 있었다.

'망치면 안 돼.'

그만큼 이번 이벤트는 그만큼 중요하다.

─아아. 정하얀 님께서는 준비가 되셨다면 신호를…….

들려온 목소리에는 정하얀이 고개를 끄덕인다. 천천히 주문을 외우기 시작한 모습이 조금 불안전해 보이기도 하다.

제발 잘되게 해달라고 어딘가에 기도라도 드리는 것 같았기 때문이다.

그것을 본 이들이 다시 한번 혀를 차는 것을 보고는 어쩌면 내 계획이 실패할 수도 있다고 생각했다.

'너무 몰아붙인 건가'라고 후회하는 순간 느껴진 것은 나로서는 상상도 할 수 없는 마력의 유동.

"어?"

"어어?"

어처구니없지만 정하얀의 주변에 있는 먼지들이 흩날리기 시작했다.

몸 안에 있는 마력을 움직이는 것만으로도 저런 효과를 줄 수 있다는 게 놀라울 지경.

뭐라고 주문을 외우는지는 모르겠지만 영창이 꽤나 길다.

혀를 차던 대형 길드의 중역들은 모두들 입을 벌리고 정하얀을 바라보고 있는 중이다.

중간 중간 당황스럽다는 목소리가 들려왔다.

"당장 보고해! 빨리!"

"어이! 여기 빨리 저 여자 프로필 좀 가져와!"

그야 놀라울 것이다. 아니, 애초에 저들보다 내가 입을 더욱 크게 벌리고 말았다. 어느 정도 성취가 있을 거라고 예상했지만 이 정도일 거라고는 상상하지 못했기 때문이다.

주문이 길어지면 길어질수록 웅성거리는 소리는 점점 더 크게 들리기 시작.

저 멀리 보이는 파란 길드에 이상희는 뭐가 어떻게 된 건지 모르겠다는 표정으로 정하얀을 바라보고 있다.

불과 일주일 전까지만 해도 이 정도는 아니었으니까.

'뭐야, 저게…….'

정하얀이 짧게 입을 연 그때였다.

"워, 원소 폭탄."

콰아아아아아아아아아아앙!

어마어마한 소리와 함께 정하얀의 손에서 터져 나오는 울림. 귀를 막아야 할 지경이었다. 고막이 파열되는 느낌 때문에 급하게 마력으로 귀를 감쌌다.

연무장 중간에 위치한 커다란 표적으로 날아가기 시작한 정체불명의 마법은 굉음을 내며 처박혔고 정하얀과 표적을 이어주는 길은 말 그대로 쑥대밭이 된다.

"이게 뭐야……."

콰아아아아아아아아아아앙!

그 이후로 터져 나온 2차 폭음에 표적이 흔적도 없이 사라지는 것은 순식간.

환호성은 없었다.

다만.

장내를 뒤엎은 침묵은 오히려 환호성보다 더욱더 시끄럽게 들려왔다.

"쟤 뭐야……."

박덕구도 슬쩍 내게 입을 열어왔다.

"형님."

"……."

"이거 실화요?"

내가 내뱉고 싶은 대사다.

저런 건 상으로 뭘 해줘야 할지 감도 안 잡힌다.

도대체 뭐가 어떻게 된 건지 이해하기 힘들 지경이다.

상상 이상의 출력이라는 건 나 혼자만의 생각이 아닌 모양이다. 침묵이 가라앉은 주변이 갑작스레 소란스러워지는 것은 너무나도 당연한 수순이었다.

"프로필 가져왔어?"

"파란 길드와의 교섭은 어떻게 진행되고 있다고 했지?"

"무조건 영입이다. 길드마스터는?"

"계약금은 상관없다고 하셨습니다. 이미 허가가 떨어졌습니다."

"길드 내 인사담당자들은 뭘 하고 있었던 거야? 더 자세한 데이터 없어? 파란 길드에게 받은 것도 없는 거야?”

“죄, 죄송합니다.”

“시발. 지금 이게 죄송하다는 문제로 끝나는 일이야? 개새끼들. 쓸모없는 새끼들.”

아무래도 멀리 있는 상대와 통신을 할 수 있는 시스템도 마련되어 있는 모양이다.

딱 내가 예상했던 대로의 반응이다. 아니, 오히려 그 이상이다.

무게를 잡고 있던 길드의 중역들이 흥분하여 앞다투어 데이터를 얻으려는 것을 보면 알 수 있다.

정하얀의 프로필을 바라보는 것은 기본, 벌써부터 영입 전쟁에 들어가려 하는 것이 보인다.

파란 길드에게 접근하는 대형 길드들도 눈에 띈다.

1차 교섭권을 가지고 있었던 만큼 파란 길드와의 교섭 역시 생각해 두고 있는 것이다.

당연히 이상희와 파란 길드의 중역들은 허둥지둥대고 있다. 긁지 않은 복권이라는 것은 인지하고 있었겠지만 이 정도일 줄은 예상하지 못했던 게 분명.

갑작스러운 상황에 어떻게 대처해야 할지 갈피를 못 잡는 것이다.

입꼬리를 올리며 고개를 돌리자 무척이나 기뻐하고 있는

정하얀이 보였다.

본인도 성공했다는 걸 알고 있는 것이다. 두 손을 꽉 쥔 채로 나를 바라보는 모습이 조금은 귀엽게 보인다.

어느 정도로 성장했는지 궁금해 마음의 눈으로 그녀의 상태창을 들여다보았다.

[플레이어 정하얀의 상태창과 잠재 능력을 확인합니다.]

[이름–정하얀]

[칭호–없습니다. 조금 더 노력하셔야겠네요.]

[나이–21]

[성향–순수한 옹호자]

[직업–원소 마법사–희귀 등급]

[직업효과–기초 마법 지식 습득]

[직업효과–중급 마법 지식 습득]

[능력치]

[근력–11/성장 한계치 희귀 이하]

[민첩–11/성장 한계치 희귀 이하]

[체력–16/성장 한계치 영웅 이하]

[지력–29/성장 한계치 영웅 이상]

[내구—14/성장 한계치 희귀 이하]

[행운—25/성장 한계치 영웅 이상]

[마력—31/성장 한계치 전설 이상]

[장비—신성한 치유—희귀 등급]

[특성—마법사가 되는 방법—영웅 등급]

[총평—아주 훌륭합니다. 마력의 성장이 주목됩니다. 이해할 수 없을 정도의 성장 속도를 보여주고 있지만 능력치가 고르게 성장하지 않았다는 단점 아닌 단점이 보이는군요. 플레이어 이기영은 운이 좋은 편입니다. 절대로 떨어지지 않도록 하세요. 살아남으려면 그게 정답이니까요. 질 좋은 보트 위에 올라타는 것만 조심하면 되겠군요.]

'마력 31?'

어처구니없는 숫자.

사실 높은지 높지 않은지 정확히 판단할 수 없다. 마법사로 보이는 이들의 마력 수치는 꽤나 다양하다.

낮게는 60부터 높게는 80대까지.

저들이 이곳에 얼마나 있었는지는 모르겠지만 저렇게 놀라는 것을 보면 정하얀의 성장 속도가 심상치 않아 보이기는 하는 모양이다.

아니, 그것보다는…….

'마력 31로 저 정도의 출력을 내는 게 가능한가?'

영창이 조금 긴 것을 생각해 보면 정하얀이 마법을 커스텀했다고 생각하는 것이 맞다.

조금 기진맥진해 보이니 마력 소모가 꽤나 큰 모양.

그럼에도 불구하고 떠들썩한 주변 분위기를 보자면 지금 정하얀이 보여준 것은 상식적으로 설명하기 힘들다는 이야기가 된다.

─그…… 시연이 마무리 되었…….

사회자가 말을 채 끝마치기도 전에 이곳으로 허겁지겁 달려오는 정하얀. 연무장에서 빠져나온 정하얀에게 인파들이 몰려들지만 정하얀에게는 그런 것 따위는 눈에 보이지 않는 모양이다.

'명함 정도는 받아놓지.'

2층으로 뛰어 들어오고 있는 모습에는 당황할 수밖에 없었다.

"오빠!"

지금부터 상을 받을 거라는 걸 알고 있는지 무척이나 흥분해 있다. 애초에 일주일이나 제대로 보지 못했으니 저런 모습을 보이는 것도 무리가 아니다.

"수고했어, 하얀아."

"오, 오빠……."

"그동안 힘들었지?"

"아니에요. 힘들…… 지 않았어요."

심지어는 눈물을 글썽인다.

이런 공개된 장소에서 이런 모습을 보여도 되는 것인지 조금 걱정되기는 했지만 파란 길드의 수뇌나 대형 길드의 중역들이나 모두 이곳을 바라보고 있었다.

'나쁘지는 않아. 오히려 좋지.'

친분이 있다는 걸 과시해도 나쁘지 않다. 살짝 팔을 벌리자 허겁지겁 달려와서 꽉 안긴다.

기대하는 눈빛으로 나를 바라보고 있지만 딱히 해줄 수 있는 게 없다.

시간이 지날수록 이쪽을 바라보는 눈빛이 부담스러워진다.

아무래도 지금 당장 상을 달라고 말하는 것 같아 괜스레 민망해졌다.

'아…….'

당연하지만 공개적으로 애정행각을 벌일 정도로 낯짝이 두껍지는 않다.

"거, 형님! 화끈하게 뽀뽀 한번 해주쇼!"

'그만해, 이 돼지야…….'

박덕구는 드라마를 보는 표정으로 흐뭇하게 이쪽을 지켜보고 있는 중.

"형님! 형님! 형님! 남자답게 화끈하게!"

심지어 응원을 보내고 있는 모습은 가관이다.

박덕구가 바람을 잡으니 정하얀은 뭔가 더욱더 기대하는 것 같은 표정으로 이쪽을 바라보고 있다.

'정하얀.'

항상 말하지만 정하얀은 결코 멍청하지 않다. 직접적으로 말하고 있지는 않지만 분명⋯⋯.

'이 정도 했으니 합당한 보상을 받아야 해. 일주일이나 참았으니까.'

라고 말하고 있는 것 같은 느낌.

아니, 그것보다 이렇게 공개된 곳에서 도장을 찍으려는 느낌이었다.

'내 거야'라고 모두가 보는 앞에서 말하고 싶은 것이다.

내키지는 않지만 뭐라도 해야 하는 타이밍이다.

생각을 마친 뒤에 살짝 두 손으로 얼굴을 부여잡자 입술을 삐죽 내미는 것이 보였다.

조금 고민하기는 했지만 너무 빠른 것도 좋지 않은 것이 당연.

가볍게 이마에 입을 맞추자 심하게 부들거리는 떨림을 느낄 수 있었다.

겨우 이마에 입술이 닿은 것뿐이다.

그러나 효과는 상상했던 것 이상이었다.

'아파…….'

등이 아파올 정도로 꽉 껴안는 것은 물론, 다리가 후들거리고 있다.

슬쩍 얼굴을 보니 상상할 수 없을 정도로 붉어져 있는 얼굴이 보였다. 입이 풀어져 있는 모습은 뭔가 위험해 보이기는 했지만 이 정도는 크게 상관없다고 여겼다.

당연하게도 나와 정하얀을 바라보는 시선들이 느껴진다.

누가 봐도 서로를 위하는 연인의 모습.

무척이나 아름다운 모습이다.

이쯤 되자 사회자도 당황한 것 같다. 뭔가 잘못됐다는 표정을 짓는 파란 길드의 수뇌부도 눈에 띄었다.

─그…… 정하얀 님의 시연이 마무리 되었습니다. 귀빈들께서는 자리를 뜨지 마시고 모든 일정이 마무리 된 후에 절차에 맞게 행동해…… 주시기 바랍니다. 마찬가지로 다음은 제1튜토리얼 던전의 공략조로 참가한 김현성 님의 시연이 있을 예정입니다. 시연 내용은 대련으로…….

"하얀아, 이제 현성 씨 하는 거 봐야지."

"아…… 네? 네…… 오빠."

단 한시라도 떨어지지 않겠다는 듯 나를 붙잡은 채로 고개를 돌린다.

사실 조금 불편하기는 하지만 견디지 못할 정도는 아니다. 오히려 이 정도가 정하얀에게 주는 보상으로 적절하리라.

계속 가슴 쪽에 얼굴을 묻으려고 하는 것 같아 부담스럽기는 했지만 연무장 중앙에 김현성이 검을 가지고 나오자 슬쩍 아래를 내려다보는 모습이 눈에 들어왔다.

"거, 괜히 소외감 느끼는데. 나도 여자친구 만들든가 해야지……."

"대련에나 집중해, 덕구야. 아마 꽤나 볼만할 테니까."

"형님이 그런 말 안 해도 눈 떼지 않고 있소. 현성 형씨야 뭐……."

─준비가 되셨으면 신호를 보내주셨으면 합니다.

슬쩍 김현성이 손을 들어 올렸다.

─그럼. 시작하도록 하겠습니다.

전사 계열은 대련으로 마법사 계열은 마법으로 시연한다는 것을 알고는 있었지만 상대가 조금 녹록치 않아 보이기는 한다.

일단 능력치 자체가 김현성보다 높다.

대련이라고 하지만 아마도 지도 대련이라는 표현이 정확하리라.

물론 김현성은 그렇게 생각하고 있지 않을 것이다.

천천히 검을 쥔 놈을 바라보는 상대의 표정이 굳어진다.

정하얀을 보며 평범한 파티가 아니라는 사실은 예상했겠지만 내가 알 수 없는 뭔가를 느끼고 있는 모양이다.

두 명이 시야에서 잠깐 동안 사라진 것은 순식간.

눈으로 제대로 따라 잡을 수조차 없는 공방이 펼쳐졌다.

정하얀에 이어서 두 번째.

아무래도 오늘 이곳을 찾은 귀빈들께서는 꽤나 놀랄 일이 많은 모양이다.

대련이 지속될수록 눈이 커지는 이들을 바라볼 수 있었다.

'정하얀 때문이라고 생각하고 있었던 건가.'

우리 파티가 실세가 정하얀이라고 생각했던 것이다.

진짜는 따로 있다.

'푸핫!'

점점 더 입이 벌리는 귀빈들을 보자 자연스럽게 속으로 웃음이 튀어 나왔다.

검과 검이 부딪치는 소리밖에 들리지 않는다.

단순히 비비는 것만이 아니다.

'잘한다!'

우리 사랑스러운 회귀자의 강함은 이미 알고 있었지만 제대로 싸우는 모습을 본 것은 처음이다.

압도하는 수준이라고는 볼 수 없다. 그렇지만 녀석과 검을 맞부딪치고 있는 상대의 표정을 본다면 답이 나온다.

식은땀을 뻘뻘 흘리고 있다. 당황한 듯 마력을 끌어내는 것도 눈에 보인다.

사실 검술 따위는 아무것도 모른다.

그래도 이것 하나는 알 수 있다.

'강해.'

시간이 얼마 지나지 않아 지도 대련 상대의 검이 하늘로 날아간다.

너무 많은 걸 보여준 것은 아닌가 하는 생각이 들 즈음에 김현성 역시 검을 놓친다.

포기하지 않고 주먹을 휘둘러 오지만 상대가 검을 놓친 손으로 김현성을 밀어낸 순간 굉음이 들려왔다.

자연스럽게 반대쪽으로 튕겨져 나가는 김현성.

"아."

콰앙!

요란한 소리와 함께 벽에 처박히는 모습은 어딘가 잘못됐다고 느낄 만했지만 아무렇지도 않다는 표정으로 먼지를 털어내는 녀석을 보니 내구 능력치도 나쁘지 않다는 걸 보여주고 싶던 것 같았다.

"졌습니다."

'깔끔해. 이 여우같은 놈!'

자신의 장점을 모두 보여준 것이다.

중요한 것은 모든 것을 드러내지 않았다는 것. 능력치의 여부와 상관없이 간혹 압도하는 모습을 보여줬다는 것도 칭찬해 주고 싶은 부분이다.

아무래도 이제 막 들어온 녀석이 베테랑을 아무렇지도 않게 이겨냈다면 아마 이곳에 계신 귀빈들께서도 이상하다고 생각했을 것이다.

짧다면 짧고 길면 길다고 말할 수 있는 이 대련이 김현성이 보여줄 수 있는 최선이었다.

천천히 박수 소리가 들려오기 시작.

당연하지만 대형 길드의 중역들은 조금 더 긴박해진 것처럼 보인다.

임팩트 면에서는 정하얀이 한 수 위라고 말하고 싶지만 김현성이 보여준 모습은 확실히 이질적이다.

내 눈으로는 제대로 볼 수 없었지만 무기를 들고 있는 근접 직군 같은 경우에는 김현성이 보여준 모습에 정말로 당황한 것 같았다.

"허……."

"천재……."

따위의 목소리가 들려오는 것을 보면 알 수 있다.

─그…… 김현성 님의 시연이 마무리 되었습니다. 귀빈들께서는…… 저, 절차에 맞게…….

사회자의 목소리는 우리 귀빈들에게는 닿지 않는다.

김현성의 대련이 끝나자마자 김현성에게 다가가고 있는 이들이 눈에 보인다.

물론.

스타가 된 것은 김현성만이 아니었다.

"잠깐 이야기 괜찮으시겠습니까?"

"……."

"이기영 님? 그리고 정하얀 님. 폐가 되지 않는다면 시간을. 붉은 용병 길드의 차희라라고 합니다."

재능 있는 천재 마법사의 기둥서방인 내게도 해당되는 이야기였다.

'이거지.'

히죽거리는 미소를 숨길 수 없는 상황.

악수를 건네는 것은 특이하게도 붉은 머리를 하고 있는 여자였다.

노출도가 곧 방어력이라는 철학을 가지고 있는 건지는 모르겠지만 조금 대담한 복장에 나도 모르게 시선이 돌아갔다.

'아…….'

9장
미친년

　자꾸만 히죽이는 얼굴을 숨길 수가 없었다.

　악수를 건넨 사람은 특이하게도 붉은 머리를 하고 있는 여자. 조금 대담한 복장에 나도 모르게 시선이 돌아갔다.

　'아.'

　실수라고 느낀 것은 순식간.

　나와 차희라라는 여자를 빤히 바라보는 정하얀의 존재 때문이다. 평소 이런 부분에 대해서 조심하며 행동했지만 너무 불가항력이라 이쪽이 어떻게 대처할 수가 없었다.

　'그야…….'

　가슴과 배를 거의 훤히 내보이는 복장, 자신감이 있을 만한 외모와 몸매, 염색을 한 것인지 아니면 어떤 마법적인 효과가 있는 것인지는 모르겠지만 붉은색 머리와 붉은색 입술은 묘하게 야한 느낌을 풍긴다.

그녀가 매력적인 외관을 가지고 있었기 때문이다.

잠깐 고개를 흔들고 마음의 눈으로 그녀를 들여다보니 곧바로 여러 가지 정보들이 눈에 비쳤다.

[플레이어 차희라의 상태창과 잠재 능력을 확인합니다.]

[이름–차희라]

[칭호–피에 미친 광녀, 붉은 용병, 신성제국의 붉은 광녀]

[나이–28]

[성향–예측 불가능한 혁신가]

[직업–용병여왕–전설 등급]

[직업효과–기초 검술 지식 습득]

[직업효과–중급 무기 지식 습득]

[직업효과–고급 무기 지식 습득]

[직업효과–고급 쌍수 무기 지식 습득]

[직업효과–고급 마력 운용 지식 습득]

[능력치]

[근력–97/성장 한계치 전설 이상]

[민첩-82/성장 한계치 영웅 이하]

[체력-85/성장 한계치 영웅 이하]

[지력-67/성장 한계치 희귀 이상]

[내구-90/성장 한계치 영웅 이상]

[행운-56/성장 한계치 희귀 이상]

[마력-82/성장 한계치 영웅 이하]

[장비-없음]

[특성-피에 미친 광녀-영웅 등급]

[지력 스탯을 일시적으로 깎아 공격력을 상향시킵니다.]

[총평-가까이 하기에는 조금 위험해 보이는 사람이군요. 찢겨 죽지 않게 조심하세요.]

　직업은 영웅 등급의 용병여왕. 칭호는 피에 미친 광녀.

　당연하지만 뭔가 좋은 느낌은 아니다. 예측 불가능한 혁신가라는 성향이 가장 그렇다.

　'뭔 능력치가⋯⋯.'

　97의 근력 능력치와 90의 내구 능력치가 인상적이다.

　이상희보다 강하다.

　다만 그녀와 얼핏 비슷한 수준으로 보이는 것을 보니 상위 플레이어의 기준을 그녀들로 보면 될 것 같다는 생각이 들었다.

90대를 넘는 능력치와 영웅 등급의 직업과 아이템, 여러 가지 조건들이 더 있겠지만 아마 이 정도가 최소한의 조건이리라.

악수를 하기 위해 조용히 손을 뻗은 채 싱긋 웃는 모습은 솔직히 말해서 매력적이다.

그러나 티를 낼 수는 없다. 정하얀의 심기가 불편한 것처럼 보였기 때문이다.

물론, 대놓고 드러내고 있지는 않다.

아직 자신이 이 여자를 어떻게 할 수 없다는 것을 인지하고 있는 것이 틀림없다.

어쩌면 조금 더 철이 들었을 수도 있다고 생각했지만 내 팔을 꽉 잡은 손이 저 여자의 손을 맞잡는 것을 바라지 않는 것처럼 느껴졌다.

'그래도…….'

대형 길드의 귀빈이다.

'이것 좀 놔, 하얀아…….'

이런 자리에서 무안을 줄 수는 없는 노릇이다.

내 손을 꽉 잡고 있는 정하얀의 손 때문에 위치를 옮기기가 조금 힘들기는 했지만 한 번만 이해해 달라는 심정으로 정하얀의 손을 잠깐 뿌리치고 차희라의 손을 꽉 맞잡았다.

"반갑습니다. 이기영이라고 합니다."

"이번 회 차의 스타들을 이렇게 직접 보게 되니 정말로 영광이네요."

"반…… 갑습니다. 정하얀…… 이라고 합니다."

"방금 시연은 정말로 인상적이었습니다."

"감…… 사합니다."

뭔가 호흡이 거칠어진다.

맞잡은 손을 살짝 떨어뜨리자 그제야 안심이 되는지 내 팔을 꽉 붙잡았다.

"두 분이 정말로 사이가 좋으시네요. 혹시 밖에서부터?"

"아, 그런 것은 아닙니다. 처음 본 건 튜토리얼 던전이었고 그 이후에 조금씩 가까워져서 좋은 인연을 맺게 됐습니다."

"정말로 부럽네요."

시선을 처리하기가 정말로 힘들다.

'부끄럽지 않은 건가?'

당연하지만 그녀의 자신감의 원천은 자신의 외관이 아닌 것처럼 보인다.

가슴을 반절 이상 드러내고 다니는 것은 그녀의 취향이겠지만 저런 행동을 하는 내면에는 아마 용병여왕 차희라라는 플레이어로서의 자신감이 기반되었을 것이다.

그녀는 그만큼 강하다.

지금까지 내가 본 이들 중에서도 가장.

단순한 능력치를 이야기하는 것이 아니다.

지금 우리와 대화를 나누고 있는 그녀 주위로 그 누구도 접근하지 않는 것을 보면 알 수 있다.

"아…… 자기소개를 한 번 더 드려야 할 것 같네요. 붉은 용병 길드의 단장. 용병여왕 차희라라고 합니다."

'역시.'

"직접 오셨군요."

"네. 인재에는 조금 관심이 많아서요. 특히나 이번에는 재능 있는 분들이 많이 들어오셨다는 이야기를 들어왔던 터라. 마침 여유도 있었고요."

"아. 그렇군요. 좋게 봐주시니 정말로 감사합니다."

"아뇨. 당연한 걸요."

"그렇지만 이야기를 나눠도 괜찮은지 모르겠습니다. 제가 듣기로는 아직까지 교섭권은 파란 길드가……."

"어머, 교섭이라뇨. 어디까지나 이야기를 나누는 것뿐인데. 물론 영입에 대한 이야기를 드리기야 하겠지만 저희 붉은 용병 길드는 파란 길드의 교섭권을 존중하고 있답니다. 어디까지나 합리적인 선택을 하는 것을 도와드리기 위한 조언자라고 생각해 주시면 편하실 거예요."

"아아아아."

말하자면 눈 가리고 아웅 하겠다는 소리다.

아직 협상 테이블에 오르는 것은 아니다.

다만 자신들이 어디까지 맞춰줄 수 있는지에 대해서 이야기하려는 것이다.

우리뿐만이 아니다.

박덕구도 어딘가에서 다가온 남자와 이야기를 나누고 있었고, 김현성은 대놓고 사람들에게 둘러싸여 있다.

파란 길드는 발만 동동 구르고 있는 상황.

힘이 없는 길드가 어떤지 제대로 보여주고 있었다.

만약 저들이 귀빈들을 통제할 수 있는 힘이 있었다면 애초에 이런 일은 벌어지지 않았을 것이다.

물론 동정심이 들지는 않는다.

무소속인 나와는 상관없는 이야기이기도 했고 이곳에서 끈을 만들어 놓는 것이 더 합리적인 선택이었으니까.

"아마도 모르시는 게 많으실 거예요. 보통 1차 교섭권을 가지고 있는 길드는 타 길드에 대한 정보를 통제하려는 성향이 강한 터라. 제가 운영하고 있는 붉은 용병에 대해서는……."

"네. 듣지 못했습니다."

"어머, 어쩔 수 없이 조금 설명 드려야겠네요. 저희 붉은 용병은 근접 직군이 모여 만든 길드입니다. 이름에서 보이는 것처럼 용병 성향을 가지고 있어 여러 의뢰는 물론, 던전이나 몬스터 사냥, 심지어는 소규모 전투나 전쟁에 대한 의뢰까지 받고 움직이는 길드라고 이해하시면 편할 겁니다."

"아, 근접 직군……."

"네. 정확히 말하면 근접 직군으로 이루어진 용병 길드였죠."

"변화를 추구하고 있다는 말씀이시군요."

"네. 자세하게 말씀드리는 것은 어렵지만 길드 내부에서 마법사 및 사제를 양성하고 보조 직업군에도 투자를 해야 된다는 움직임이 일어나고 있어서 말이죠. 조금 딴 이야기지만 마침 많은 예산이 들어가고 있는 상황이랍니다. 다른 길드에 비해서 조금 늦은 만큼 더욱 투자를 해야 된다고 어찌나 간부들이 재촉하는지……. 사실 제가 여기까지 온 배경도 저희 투자자들 때문이고요."

"아아아아. 그렇군요."

뭘 말하려는 건지 알 것 같다.

"얼마나 투자를 하실 생각인지 궁금하네요."

"한화로 말씀드리는 게 편하시겠죠?"

"네. 아직은 그편이……."

차희라는 싱긋 웃으며 내게 말을 이었다.

"20억."

'어…….'

"네?"

"한 사람당 20억. 혹시 모를 상황을 대비해서 추가 예산도 마련하고 있는 중이랍니다. 물론 이후에도 지속적으로 투자할 예정이고요. 적어도 연간 5억 정도는 쏟아야 제대로 된 결과물이 나오지 않겠어요?"

대충 해석하자면 계약금 20억 이상에 연봉 5억이다.

이곳을 기준으로 하면 계약금 2만 골드에 연봉 5천 골드인 셈.

추가 예산을 마련해 준다는 것을 보니 지금 말해준 것보다 더욱 맞춰줄 수 있다고 생각하는 모양이다.

당황스러워서 말도 제대로 나오지 않았다.

'20억?'

처음에 파란 길드에게 제시받았던 금액과 비교하면 그 갭이 너무 커 어처구니가 없을 정도다.

가격이 뛸 거라고 예상은 했지만 대충 계산해도 20배가 뛰었다.

연봉 같은 경우에는 5배.

이쯤 되면 파란 길드 개잡놈들이 우리를 호구로 본 것은 아닌지에 대한 생각이 들 정도였다.

어째서 함께 공략을 헤치고 나온 이들이 찢어지는지 이해할 수 있었다.

금액이 이 정도라면 흔들리는 것도 무리가 아니다.

무려 20억이다.

일반인은 평생을 일해도 모을 수 없는 액수.

당장 나조차도 이쪽으로 가는 게 어떤지에 대해 계산하고 있다.

"다만 근접 직군 분에게는 투자하기 조금 힘들지도 모르겠네요. 우리 쪽에서도 조금 무리하고 있다는 입장이라."

"아."

"우리 길드에는 유능한 인재가 정말로 많거든요. 물론 김현성 같은 사람이 탐이 나지 않는 건 아니지만 아무래도 한곳에 집중하고 싶어서요."

이건 좋지 않다.

"그렇군요."

"기영 씨와 하얀 씨도 저희 길드의 이번 프로젝트에 대해서 조금 관심을 가지실 것 같은데…… 생각이 어떠신지 여쭙고 싶네요."

김현성과 박덕구를 버리고 자신 쪽으로 붙으라는 이야기가 된다.

아마 근접 직군으로 다져진 길드인 만큼 검사나 탱커는 이미 포화상태일 터. 박덕구와 김현성에게는 투자하지 않겠다는 것도 이해가 간다.

일단 본인이 가장 완벽한 방패이자 검이다.

내가 그녀의 입장에 있었어도 정하얀 쪽에 조금 더 무게를 뒀으리라.

"프로젝트 자체는 정말 흥미롭습니다만 저희가 도와드릴 수 있을지가 조금 걱정됩니다. 아무래도 튜토리얼 던전을 같이 공략한 친구들과 정이 들었던 터라 한곳에 집중하기에는⋯⋯."

"흐음. 의외네요."

조금 흥미롭다는 표정이다.

왠지 모르게 고양이 앞에 쥐가 된 기분이 들었다.

"다른 곳에도 투자할 여력이 있었다면 정말 좋았을 텐데. 우리 길드도 요즘 힘들어서 말이죠. 떠나간 사람은 붙잡지 않는 주의지만 저엉말로 아쉽네요. 옆에 있는 정하얀 씨도 마찬가지지만 이기영 당신, 당신도 조금 아쉽단 말이야."

"뭘⋯⋯."

"이건 선물."

이쪽으로 가까이 온 차희라가 품에 무언가를 집어넣는 것이 느껴졌다. 제대로 확인해 보지는 못했지만 어떤 아이템처럼 보였다.

'뇌물?'

아마 그런 것은 아닐 것이다.

정말로 선물의 의미로 던져준 느낌.

괜스레 기분이 좋아지려고 한다.

대형 길드의 수장이라고 할 수 있는 여자가 준 선물이니 아마도 꽤나 값어치가 나가는 물건일 것이다.

"생각이 바뀌면 언제든지 이야기해요. 굳이 그게 아니더라도 좋은 관계를 유지하고 싶으니까. 같은 제국 소속이니 함께 던전에 들어가거나 전선에 설 일도 많지 않겠어요? 그리고 음…… 하얀 씨?"

"……."

"하얀 씨는 살기 좀 죽이는 방법도 배워야겠어."

"아……."

차희라가 이쪽으로 다가온 것은 순식간.

내가 깜짝 놀라기도 전에 입술에 촉촉한 감촉이 느껴진다.

'이런 미친.'

너무나도 갑작스러운 돌발 행동에는 정신을 못 차릴 지경.

다급하게 손으로 차희라를 밀쳐봤지만 연약한 내 몸으로 근력 97의 차희라를 밀칠 수 있을 리가 없다.

심지어 입안으로 뭔가 들어오는 느낌에 당황스러워 말도 나오지 않았다.

발버둥 치며 정하얀을 봤지만 마력의 유동이나 살기 같은 것은 느껴지지 않았다.

나라라도 잃은 표정.

너무나도 갑작스러운 상황에 사고가 정지된 것이다.

"이것도 선물. 그럼 다음에 봐요."

'제기랄.'

갑작스러운 소란에 주변 사람들이 모두 이곳을 바라보고
있다.

심지어 박덕구도 깜짝 놀란 표정이다. 왜 녀석도 하늘이 무
너지는 표정을 짓는 건지 알 수 없었지만 이 일은 곧바로 수
습해야만 했다.

'망했어.'

−이기영 님께서는 준비가 되면 신호를 보내주시기 바랍
니다.

살짝 손을 들어 올리자 곧바로 나를 바라보는 시선들이 느
껴졌다.

2층에서는 김현성과 박덕구, 정하얀이 이쪽을 바라보고 있
는 중.

이곳에 있는 모든 이의 시선이 집중되니 조금은 긴장되기
는 했지만 솔직히 색다른 모습을 보여줘야 된다는 부담감 따
위는 들지 않았다.

애초에 길드의 중역들도 내게 크게 기대하고 있진 않다는
걸 알고 있었기 때문이다.

"준비됐습니다."

오히려 신경 쓰이는 것은 정하얀.

무슨 생각을 하는지 묘하게 조용한 모습은 괜스레 나를 불

안하게 만들었다.

옆에서 더 화를 내주는 박덕구의 존재 때문인지는 모르겠지만 오히려 아무 일도 없었다는 듯한 태도는 어제 있었던 일을 없던 일로 하고 싶다고 말하는 듯했다.

'불안해……'

어째서 그 미친 여자가 그런 행동을 했는지에 대해서는 감이 온다.

나를 이성으로 마음에 들어 하는 것은 아닌 것 같다.

아마 자신에게 살기를 풀풀 뿜어대고 있었던 정하얀을 놀리기 위함이었을 것이다.

물론 경고의 의미도 있기는 했었겠지만 대형 길드의 수장에게 살기를 보낸 것에 대한 벌을 내 입술로 퉁 친 거라면 나름대로 싸게 먹힌 셈이다.

방식이 잘못되었을 뿐이다.

솔직히 그 미친 여자에게는 감사라도 보내고 싶은 심정이다. 당장 검을 뽑아 목을 날리지 않은 걸 고마워해야 되는 상황이었다.

조금 복잡해지는 머리를 환기시키고 천천히 바닥에 연성진을 그리기 시작.

다소 복잡한 과정이었지만 이미 머릿속에 들어가 있는 마법진이다.

'비효율적이야.'

마력이 적게 들다 뿐이지 확실히 비효율적이다.

그렇지만 연성진이 완성되는 것은 순식간이었다.

꽤나 익숙한 모습으로 보이는지 고개를 끄덕이는 몇몇이 보였다.

"주여, 나, 바라노니, 내 목소리에, 답하라."

마력의 탑을 쌓는 것은 연성진 쪽.

영창을 외우자 마력이 빠져나가는 것이 느껴진다.

"불기둥."

주문과 함께 연성진 쪽에서 솟아 오른 불기둥이 표적을 태운다.

내 마력으로 낼 수 있는 화력은 아니다.

꽤나 화려한 이펙트, 연성진의 도움을 받으니 확실히 가지고 있는 마력 이상의 효율을 낼 수 있다.

"후우."

앞선 박덕구, 어제 있었던 김현성과 정하얀 정도의 환호성은 들리지 않는다.

다만.

짝짝짝.

하는 소리가 들려오기 시작. 모두 고개를 끄덕이며 박수를 보내고 있다. 나쁘지 않은 시연이었지만 당연히 박수를 받을 정도는 아니다.

저들이 원하는 건 하나.

아마 우리 파티의 비선실세로 보이는 나에게 잘 보이기 위함일 것이다.

"감사합니다."

─이기영 님의 시연이 마무리 되었습니다. 귀빈들께서는 모두 절차에 맞게 움직여 주시기 바랍니다.

어제와 마찬가지.

절차 따위는 개나 주라는 느낌으로 이쪽에 몰려들고 있는 귀빈들과 스카우터들이 보인다.

"사성 길드를 운영하고 있는 이연희라고 합니다. 잠깐 이야기를, 아니, 일단 명함부터 드리도록 하겠습니다."

"클랜마스터 정종철이라고 합니다. 혹시 실례가 되지 않으신다면……."

"고영수입니다. 저희 클랜은 이번에 생겨난 신생 클랜으로 조건은 다소 부족하겠지만 성장 가능성은 그 어떤 클랜이나 길드보다……."

"마도 길드의 대표 박혜수예요. 잠깐 이야기 좀 나누고 싶은데……."

한 사람, 한 사람에게 인사를 건네는 것도 일이다.

한 명 한 명이 소중한 잠재 고객.

이번에 새로 만들어진 클랜이든 아니면 몰락한 길드든 간에 모두가 전부 중요하다.

명함을 받고 형식적인 이야기를 나눈다.

"만약에 파란 길드와의 계약하지 않으실 거라면……."

"네. 이후에라도 모두 함께 꼭 찾아뵙도록 하겠습니다."

"저희 길드도."

"예. 언제 한번 시간이 되시면 식사라도 함께하도록 하시죠."

"앞으로 어느 길드로 가시든 좋은 관계를 유지했으면 합니다."

"네. 먼저 연락드릴 수 있도록 하겠습니다."

형식적인 인사지만 나쁘지만은 않다.

한두 마디 나눈 게 뭐가 대수냐고 물어본다면 굳이 할 말은 없지만 인간관계라는 건 이런 게 중요하다.

"재미있는 방식의 시연이었어요."

'재미는 개뿔.'

"연금술사에 대한 인식이 바뀌는 계기가 된 것 같습니다. 하하하."

'거짓말.'

"모두 감사드립니다. 다른 파티원에 비해서 보여준 것이 없어 조금 민망하군요."

그래도.

이런 게 사회생활이라는 거다.

인파를 뚫고 나오자 이쪽을 바라보는 이상희와 파란의 중역들을 볼 수 있었다.

당연히 일그러진 얼굴이다. 처음 협상부터 꼬였다는 걸 인지하고 있는 것이다. 애초에 김현성도 이쪽의 말에 무게를 두고 있다는 사실을 눈치챈 것이 당연하다.

일주일이 넘는 시간 동안 함께 얼굴을 볼 기회가 많았다.

함께 식사를 하기도 했고, 대륙에 대한 기본적인 정보를 듣는 시간도 가졌다.

우리 파티가 일상적인 대화를 나누는 모습을 봤다면 당연히 한 가지 결론에 도달했을 것이다.

'김현성 파티 내에서 이기영의 위치가 생각보다 높다는 것.'

"잠깐 이야기 괜찮으시겠습니까? 아무래도 협상 조건에 대해서 다시 말씀드려야 할 것 같아서……."

"물론입니다, 이상희 님. 환영하고말고요."

"안쪽으로 모시도록 하겠습니다."

"예."

콧노래라도 흥얼거리고 싶은 심정이다.

정하얀, 박덕구, 김현성은 다른 이들과 이야기를 나누고 있는 모양이다. 저번에 협상을 나눴던 방으로 들어가자 솔직히 저번과는 사뭇 다른 분위기가 느껴졌다.

다소 건방졌던 할배들 역시 이쪽의 눈치를 보는 느낌.

'좋네.'

이런 게 권력인가 싶기도 하다.

"일단은 첫 번째 협상의 조건을 급하게 조정하는 데에 사과의 말씀을 드리고 싶습니다. 사실 일반 신입들에게는 계약 조건이 후할 거라고 생각했었습니다만…… 시연회에서 보여주신 모습들을 보니, 저희가 이기영 님을 비롯한 분들을 과소평가했다는 생각이 들더군요."

"아아. 괜찮습니다. 당연히 이해할 수 있습니다. 아무래도 검증되지 않는 이들에게 투자하는 건 한 집단을 운영하는 입장에서 조심해야 할 일이니까요. 지극히 합리적인 판단입니다."

"아. 이해해 주셔서 정말로 감사합니다."

"……."

"알게 모르게 여러 곳에서 제안을 받으셨을 겁니다."

거짓말을 할 이유는 없다고 생각했다. 이미 저들도 알고 나도 알고 모두가 알고 있는 사실이니까.

"네. 그렇습니다."

"다른 길드에게 어떤 제안을 받으셨는지는 알 수 없지만 저희 파란 길드는……."

뭐라고 설명을 하고 있는지는 귀에 잘 들어오지 않았지만 굳이 듣지 않아도 뻔할 것이다.

금액 자체는 부족할 수도 있지만 성장 가능성에 대한 이야기.

파란 길드만의 차별점이나 지원해 줄 수 있는 특별한 조건, 어떻게 우리를 성장시킬 건지에 대한 계획과 어떤 식으로 지원해 줄지에 대한 것.

안 들어도 뻔하다.

"타 길드에 비해 금액은 부족하게 느껴지실 수도 있으시겠지만 파란 길드는 여전히 신성제국에 있는 네임드 길드 중에 하나입니다. 만약에 파란 길드 소속이 되신다면 파티에게 따로 예산을 책정해 드릴 수 있도록 하겠습니다. 그것만이 아니라 파란 길드의 간부직도……."

"구체적으로는."

"아직 구체적으로는 대답해 드리기는 힘들겠지만 최선을 다해……."

"그렇군요. 조금 더 자세한 계약 내용을 들어봐도 되겠습니까?"

"아! 물론입니다."

조금 기뻐 보이는 표정이다.

"계약금 만 골드 그리고 연봉 삼천 골드가 저희가 맞춰드릴 수 있는 조건입니다. 계약 기간은 10년으로. 연봉 협상은 매년마다 새롭게 갱신할 수 있도록 하는……."

"한화로는 10억이로군요."

"네."

붉은 용병에 비해서는 반절이 떨어졌다.

물론, 붉은 용병 길드 같은 경우에는 김현성과 박덕구를 포함하지 않았지만 아무리 그렇다고 하더라도 씁쓸한 것은 어쩔 수 없다.

연금술사가 돈이 많이 든다는 사실을 알고 있었기 때문이다.

주목할 만한 사실은 계약 기간이 3년이나 늘어났다는 것.

아무래도 우리가 성장한 상태를 보고 싶은 모양이다.

처음 부른 금액이 저 정도라면 어쩌면 조금 더 올릴 여력이 있다는 이야기가 된다.

차희라 같은 경우에도 그런 식으로 이야기했었으니까.

원래 계약이라는 건 아쉬운 놈이 비비게 되어 있는 법이다.

나는 살살 웃으며 입을 열었다.

"계약금 15,000골드. 한화로는 15억. 이게 저희가 바라는 계약 조건입니다."

"아……."

"추가로 최소 영웅 등급의 연금도구 지원과 사냥했을 때 나오는 부산물의 조정, 정하얀에게는 영웅 등급의 마법서와 박덕구, 김현성에게도 마찬가지로 영웅 등급의 기본 장비를 지원해 주셨으면 합니다."

"그, 그게……."

"투자라고 생각하시면 될 겁니다. 저희 파티는 더욱 성장할 겁니다. 굳이 연봉에 집착하지 않은 이유가 있습니다. 저희가 성장할수록 파란 길드 역시 성장하게 되겠지요. 어쩌면 여러 길드에서 투자를 받을 수도 있다고 생각합니다."

"그건 저희의 사정상……."

"골드가 필요하시면 1차 교섭권을 타 길드에게 판매하시면 됩니다. 파란 길드는 지금 골드가 중요한 게 아닙니다. 그렇지 않습니까?"

정곡을 찔렸다는 표정이다.

"길드마스터."

일이 이 지경이 될 때까지 길드마스터가 보이지 않는 것을 보면 당연히 눈치챌 수 있다.

튜토리얼 던전에 갑작스럽게 찾아온 지각 변동 덕분에 중소 길드는 물론, 대형 길드의 마스터들도 출두하셨다.

당장 차희라만 봐도 이쪽에 직접 제의를 하러 왔다.

그럼에도 불구하고 파란의 길드마스터가 보이지 않는 것을 보면, 현재 길드 내부적으로 뭔가 문제가 있다는 것이 된다.

"알고…… 계셨군요. 혹시 누군가에게……."

"단순한 추론입니다. 눈에 보이지 않으니 당연히 할 수 있는 생각이지요."

뭔가 척척 진행되고 있다는 느낌이 든다.

파란은 내 제안을 받아들인다.

길드마스터를 포함한 길드의 주요 전력에 문제가 있다고 한다면 아마 간부급 이상으로 성장할 수 있는 우리의 등장은 무척이나 반가울 것이다.

조금 실수했다는 것 같다고 느꼈던 것은 바로 그때.

"건방진……."

이상희가 아니다.

옆에 있는 늙은이 한 놈이 지나치게 흥분한 것 같은 눈으로 나를 응시하고 있었다.

'어……'

"우리는 네놈에게 투자하는 것이 아니다, 연금술사."

"설호 씨. 지금! 무슨 짓을!"

"저희 파란 길드가 저런 놈한테 농락당할 정도로 무너지지는 않았습니다, 이상희 님."

'저……'

"이곳에 들어온 지 1년도 안 된 애송이 아닙니까. 아무리 굽히고 들어갑니다만 저런 놈에게까지 굽힌다니요!"

"마력을 거두세요!"

'제기랄.'

살기나 마력이라는 게 어떤 건지 이해가 간다.

방 안을 가득 점령한 늙은이의 마력 때문인지 몸이 떨리기 시작, 숨을 쉬는 것마저 쉽지 않다.

'죽는다'라는 생각이 계속해서 머릿속에서 떠오른다.

"마력을 거두라고 말했습니다! 이설호!"

"이 쓰레기 같은 놈이……. 네놈 같은 놈들을 아주 잘 알고 있다. 아무 것도 없는 주제에 날뛰는 놈들 말이다. 이곳에는 아주 다양한 사람이 들어오지. 그동안 내가 이 대륙에서 살아 오면서 너 같이 쥐새끼 같은 놈을 못 봤을 것 같아?"

"으……."

"너 같은 놈, 쥐도 새도 모르게 죽이는 건 일도 아니야. 이 대륙에는 항상 위협이 넘치고 흐르지. 언제 어디서 무슨 일이 일어날지 그 누구도 모른단 말이다. 지구와는 다르다. 멍청한 애송이 놈이……. 감히 하늘 높은지 모르고 날뛰어? 감히 파란에게…… 감히!"

'죽어.'

정말로 죽는다. 숨을 쉬기가 힘들어질 지경이다.

도대체 이게 뭔 상황인지 제대로 이해되지 않았다.

'거지 같은 늙은이가…….'

당장에라도 방문 밖으로 뛰쳐나가고 싶지만 몸을 움직이는 것도 쉽지 않은 상황이다. 뭐라도 선택할 수밖에 없는 시점에 놓여 있을 때 여러 가지 선택지 중 한 가지를 선택할 수밖에 없었다.

"해봐, 이 미친 늙은이야."

"뭐?"

"해보라고 이 미친 늙은이야. 죽일 수 있으면 죽여보라고."

"네놈이 감히!"

"이설호! 제 말이 말 같지 않습니까?!"

어떻게 설명할 수 없을 정도로 난장판이 된 장내의 한가운데, 나는 한 글자씩 또박 또박 내뱉었다.

"미친 늙은이가……."

"네놈!"

"내가 죽으면 우리 희라 누나가 가만히 있을 것 같아?"

늙은이가 입을 다무는 것이 시야에 비쳤다.

당연히 씨알도 먹히지 않을 거짓말이다.

아마 차희라가 이 자리에 있었다면 실소를 터뜨렸으리라.

차희라와 나는 어제 만난 게 처음이었고 별다른 이야기도 나누어 보지 않았으니까.

어처구니없는 개소리지만 틀림없이 먹힌다.

아마 늙은이의 기억 속에 남는 장면이 있을 것이다.

'있어야지. 무조건 있어야지.'

본의든 타의든 간에 나와 차희라는 접점을 만들었다.

입을 다물고 있는 것을 보니 생각나는 게 있는 모양.

고개 숙인 영감이 보기에는 자극적인 장면이었을지도 모

른다.

"무슨 개소리를……."

"개소리인지 아닌지는 두고 보면 알겠지. 그 눈이 옹이구멍은 아닐 거야. 그렇지?"

"……."

꽤나 얌전해졌다. 대충 질러본 것치고는 꽤나 효과가 좋다. 그만큼 붉은 용병 길드의 차희라는 이름이 주는 무게가 무거운 모양.

애초에 차희라가 파란 길드와 별로 접점이 없다는 걸 전제로 찔러본 것에 불과했지만 내 생각이 맞았던 모양이다.

근력 97의 괴물을 건드리고 싶은 사람은 없는 것이 당연하다.

단순히 능력치의 문제도 아니다.

신성제국에서 가장 큰 대형 길드 중에 하나.

지금까지 봐왔던 인간 중 가장 높은 능력치와 전투 능력을 가지고 있는 이가 바로 그녀다.

성향대로 행동하고 있다는 걸 가정한다면 내 말이 정말인지 거짓인지 판별하기 이전에 그녀의 이름이 등장했다는 것 하나만으로도 섣부르게 넘겨들을 수는 없을 것이다.

지금 파란 길드의 상태는 바람에 꺼지기만을 기다리는 촛불과 다름없어 보였으니까.

'본래.'

겁먹은 개가 가장 크게 짖는 법.

그건 저 할배와 나 모두에게 해당되는 이야기다.

"차희라와는……."

"그건 당신이 알 필요 없잖아. 지구에서부터 인연이 있었든, 우리가 서로 사랑하는 사이든 간에 중요한 건 그게 아니야. 중요한 건 교섭권을 가지고 있는 파란 길드가 이곳에 막 들어온 신입을 무력으로 겁박했다는 점이고 이게 외부로 알려지면 안 된다는 거지. 영광스러운 파란 길드도 희라 누나 이름이 나오면 움찔할 수밖에 없나보네."

"……."

"이곳이 어떻게 돌아가는지는 알 수 없지만 주변에 적이 없는 것 같지는 않은데. 그나마 가지고 있는 교섭권도 타 길드로 넘겨주고 싶은 건 아닐 테고, 도대체 당신이 이런 태도를 취하는 이유를 알 수가 없네. 나는 이곳에 싸우러 들어온 게 아니라 협상을 위해서 들어온 거야. 아무리 과거의 영광에 취했다고는 해도 상급자의 말을 무시하면서까지 이런 태도를 취하는 건 누가 봐도 문제가 있는 것처럼 보이지 않아? 아니면, 그 문제도 인지하지 못할 정도로 상황 판단 능력이 떨어지는 건가?"

"네놈……."

나도 모르게 자꾸만 버릇처럼 히죽이게 된다.

정확하게 차희라의 이름이 나온 순간부터 이곳을 점령하던 마력의 옅어졌기 때문이다.

그렇지만 최대한 무표정을 유지하며 천천히 입을 열었다.

흥분을 가라앉히는 것이 중요하다.

이런 아무 의미 없는 말싸움의 경우에는 지나치게 흥분한 쪽이 지는 거라는 걸 알고 있으니까.

"후우. 만약에 파란 길드가 가족같이 자유롭고 옛 같은 분위기를 가지고 있다는 걸 보여주고 싶은 거라면 대성공, 아니…… 대성공이라고 말해주고 싶군요."

"……."

"한 집단을 망치는 건 당신 같은 사람입니다."

"뭐?"

"고여 있는 물 말입니다."

"네가 뭘 안다고 지껄이는……."

"보지 않아도 보이는 게 있는 법입니다, 이설호 씨. 당신이 저에 대해서 어떻게 평가를 내리든 간에 신경 쓰지 않습니다. 가치가 있는 쪽이 김현성과 정하얀이라는 것도 아주 잘 알고 있고요. 저를 탐탁지 않아 하시는 것도 이해가 갑니다. 네. 그렇고말고요. 십분 이해할 수 있습니다."

"……."

"그렇지만 적당히 하셨어야죠. 아무리 이 대륙이 힘의 논리로 돌아가는 곳이라고 한들, 당신의 행동은 충분히 무례한 행동입니다. 저는 아직 당신의 하급자가 아닙니다."

"이놈이 그래도!"

흥분한 늙은이가 자리에서 몸을 일으키려고 하는 순간이었다.

쾅!

하는 소리에 절로 고개가 돌아갔다.

흥분한 이설호 역시 소리가 난 쪽을 바라보고 있다.

무슨 일이 일어났는지는 뻔한 일. 하급자의 개짓거리를 보다 못한 이상희가 주먹으로 책상을 내려친 것이다.

"이설호."

"이, 이상희 님⋯⋯."

"지금 본인이 무슨 행동을 하고 있는 건지 알고 있습니까?"

"그것이⋯⋯."

"근신입니다."

"네?"

"근신이라고 말했습니다. 지금 당장. 밖으로 나가 길드로 돌아가도록 하세요. 물론 이기영 씨에게 사과를 드린 이후입니다."

이렇게 될 거라고 대충은 예상했다.

과거의 영광에 취한 꼰대의 돌발행동에 길드의 중심에 있는 그녀가 취해야 할 수 있는 행동은 단 하나다.

"저는 길드를 위해서……."

"사과하라고 말씀드렸습니다. 두 번 말씀드리지 않을 겁니다, 이설호 씨."

아마 고개를 숙여올 것이다.

보통 저런 족속들은 강자에 약한 법이니까.

예상대로 표정을 구기는 늙은이의 모습이 보인다.

새삼 복잡한 표정. 배신당했다는 표정이기도 했고 이해가 가지 않는다는 표정이기도 했다.

그렇지만 이설호가 이 상황을 이해하고 말고는 나와는 전혀 관계가 없다.

예상했던 대로, 천천히 이쪽을 바라보는 이설호의 얼굴이 시야에 비쳤다.

물론, 고개를 숙여오는 것도 보인다.

"무례한 언사에…… 사, 과드립니다."

"받아들이겠습니다. 저 역시 다소 흥분했었습니다. 사과드리도록 하죠."

"이해해 주셔서 감사합니다."

사과를 한 사람의 표정이 아니다. 다급하게 밖으로 나가는 꼴이 꽤나 가관이다.

조금 복잡해 보이는 표정이 어딘가 나를 불안하게 만들기는 했지만 티를 낼 수는 없는 노릇.

싱긋 웃으며 이상희를 바라보자 그녀 역시 허리를 숙여오는 것이 보였다.

"정말로 죄송합니다. 길드원을 제대로 통제하지 못한 제 부주의였습니다. 정말로…… 죄송합니다."

"……."

'된 사람.'

이상희 그녀는 된 사람이다.

단순히 보여주는 모습이 아니다.

오히려 내가 민망할 정도로 고개를 숙여오고 있다. 당연하지만 파란 길드와 척을 질 이유는 없다.

더 이상 압박한다고 해도 무언가가 들어오는 것은 아니다.

아쉽기는 하지만 이 정도에서 마무리하는 게 합리적인 판단이리라.

"아뇨. 오히려 저야말로 죄송합니다."

"어떻게 저희를 비난하셔도 할 말은 없습니다만 부디……."

"계약에 관련된 문제라면 걱정하지 않으셔도 됩니다."

"네?"

"제가 무례했습니다."

"아……."

"파란의 구성원들이 가지고 있는 프라이드에 대해서 제대로 생각하지 않고 이야기를 꺼낸 것 같습니다. 협상을 위해서라고는 하지만 길드의 상처를 들쑤시는 발언은 해서는 안 됐습니다. 이설호 씨의 행동은 어떻게 생각해도 정당화할 수는 없지만 저 역시 잘했다고 볼 수는 없습니다."

"아…… 혹시 차희라 님과는…….”

"운 좋게 작은 인연을 만들었을 뿐입니다. 제가 누나와 잘 알고 지내는 것도 아마 파란에게도 도움이 될 겁니다."

"그 말은 혹시…… 계약을 긍정적으로 받아들이겠다는 뜻으로 받아들여도 되겠는지요."

"물론입니다. 계약 조건 역시 15,000골드가 아닌 10,000골드로 합의하도록 하겠습니다. 다만."

"네."

"파란 길드의 주요 간부직을 고려해 주셨으면 합니다."

"아……."

"제가 어째서 이런 제안을 드리는지 이해하고 계시리라 생각합니다."

아까와 같은 개 같은 상황이 한 번 더 일어나지 않으리라는 보장은 없다.

저런 늙은이들이 한 명만 있으리라는 보장 역시 없다.

어쩌면 조직적으로 단합하고 이쪽을 엿 먹이려고 할지도

모른다.

보통 기득권이라는 건 그런 식으로 행동하는 법이니까.

납작 엎드릴 생각은 없다. 정치 싸움이라면 오히려 환영해 주고 싶을 정도다. 그 기반을 위해 필요한 권력을 제안하고 있는 것이다.

"단순히 말뿐인 지위라고 해도 상관하지 않겠습니다."

아마도 받아들인다.

내 가치가 아까보다 더 올라갔다고 판단하고 있을 테니까.

일단 이쪽이 그 용병여왕 차희라와 접점을 가지고 있다는 것이 가장 큰 이유다.

우리 파티를 영입하면 파란은 붉은 용병에게 비벼볼 수 있는 여지를 마련하게 된다.

물론 새빨간 거짓말이지만 말이다.

혹시나 내가 붉은 용병의 간자일 확률에 대해서 생각해 보고 있는 것 같지만 붉은 용병이 굳이 파란을 건드릴 이유가 없다는 결론에 도달한 모양이다.

그렇다면 손을 잡는 것은 굳이 값으로 환산할 수 없는 이득이다.

그것뿐만이 아니다.

'고인 물…….'

길드를 갉아 먹는 고여 있는 물들에 대한 견제 세력으로도 우리가 적당하다고 생각하고 있을지도 모른다.

아마 그녀로서는 통제 불능의 꼰대들이 꽤나 골칫거리일 터. 조금 전 돌발행동을 생각해 본다면 이 길드는 여러 가지 문제를 가지고 있다.

무력과는 조금 다른 문제.

주요 간부직을 내놓으라고 제안한 것은 나를 위해서이기도 하지만 그녀와 길드를 위해서이기도 하다.

'내가 해결해 줄게.'

라고 말한 것이나 다름없다.

물론 그녀가 원하는 결과물과 내가 원하는 결과물의 차이야 존재하겠지만 썩은 물을 정화해야 한다는 데에는 이견이 없을 거라고 생각했다.

"사실……."

"네."

"계약금 같은 경우에는 저희가 최대한 맞춰 드릴 수는 있습니다. 주요 간부직 역시 아예 생각하지 않은 것은 아니지만…… 아마 제가 생각하는 것보다 조금 더 큰 직급을 요구하시는 것처럼 보여 조심스럽습니다. 제 생각이 맞는지……."

구태여 거짓말을 할 필요는 없다.

나는 당연하다는 듯이 고개를 끄덕였다.

"그렇습니다."

"뿐만 아니라…… 영웅 등급의 아이템 같은 경우에는 당장은 힘들 수도 있다는 걸 미리 말씀드리고 싶습니다. 어느 정도 시간을 마련해 주신다면 가능하겠지만 지금 당장은……."

"아."

'생각보다 귀하구나.'

영웅 등급의 아이템이 내 생각보다 값어치가 조금 더 나가는 모양이다.

김현성의 마법 가방에서 아무렇지도 않게 튀어나온 라무스터커의 연금학개론 때문인지는 모르겠지만 상위 등급의 아이템을 조금 우습게 봤었다.

"아이템은 곧바로 지급해 주시지 않으셔도 됩니다. 저희가 당장 쓸 수 있는 장비가 아니라면……."

"아! 그렇다면 내부 회의를 거친 이후에 말씀드려도 되겠습니까? 시간이 얼마 걸리지 않을 겁니다."

"물론입니다. 쉽지 않은 결정인 만큼 천천히 생각해 주셔도 됩니다."

"배려에 감사드립니다."

이쪽을 받아들일지에 대한 회의는 아닐 것이다.

이미 그건 어느 정도 확정된 이야기.

어떤 아이템을 지급하느냐, 어느 정도의 지위를 보장해 줘야 하는지가 논제일 것이다.

마음 같아서는 회의 내용을 들어보고 싶었지만 안타깝게도 그럴 수 있는 시간도 여유도 없다.

"그럼 저는 이만."

"네. 감사합니다, 기영 씨. 그리고 다시 한번 조금 전 무례에 대해 사과드리겠습니다."

"아닙니다. 저야말로 죄송합니다."

오늘 친 말도 안 되는 구라를 진실로 탈바꿈시켜야 되기 때문이다.

'차희라⋯⋯.'

영감탱이에 말 그대로.

내가 너무 물렁하게 생각했었다. 이 대륙에서는 정말로 무슨 일이 일어날지 모른다.

잘나가던 김현성이 갑자기 뒈질 수도 있고, 정신 나간 늙은이가 나를 노리는 계획을 세우고 있을지도 모른다.

우리 파티만 믿고 가기에는 위협이 많아 보이는 것이 현실.

'뒷배는 있어야 돼.'

혹시 모를 상황을 대비해 줄 수 있는 **빽**이 필요한 시점이라고 생각했다.

10장
호랑이가 있는 곳에서도
여우가 왕이 되는 경우가 있다

혼자였다면 붉은 용병으로 갔을 것이다. 아니, 최소한 파란
으로 가지 않았을지도 모른다.

내가 보기에 파란은 이미 몰락의 전철을 밟고 있는 길드였
고 썩은 물과 고인 물이 뒤섞이며 땅바닥을 뚫고 똥물로 처박
히고 있는 집단이었다.

현재만 놓고 생각한다면 파란을 선택한다는 것 자체가 무
리수다.

길드마스터는 어디서 뒈진 것 같은 느낌.

우리와 계속 얼굴을 맞대고 있는 것은 부길드마스터인 이
상희였고 과거의 영광에 취한 늙은이들이 길드를 잠식하고 있
었다.

타 길드에게도 무시당하기 일쑤.

정상인이라고는 이상희밖에 보이지 않는 길드를 선택하는 건 침몰하는 배에 탑승하겠다는 것이나 다름없다.

붉은 용병이라는 배에 탑승해 침몰해 가는 놈들을 바라보며 하하 웃어 주는 게 당장은 통쾌할지도 모른다.

나는 애초에 내 능력을 과신하지 않는다.

우리가 파란 길드로 들어간다고 해서 뭔가 변화가 찾아올 거라고 기대하지도 않는다.

그건 나뿐만이 아니라 김현성 역시 마찬가지일 것이다.

'우리 여우는 의외로 조심스러우니까.'

그럼에도 불구하고 김현성은 파란을 원한다.

처음부터 쭉 그랬다.

물론 다른 선택지를 아예 생각해 보지 않은 것 같지는 않았지만 일이 진행되고 있는 지금 이 순간까지 회귀자는 이곳이 옳은 길이라고 생각하고 있다.

도출할 수 있는 답은 하나.

먼 미래가 됐든 가까운 미래가 됐든, 붉은 용병으로 가는 것보다 파란으로 가는 것이 이득이라는 소리가 된다.

이미 당첨될 확률이 확실한 복권이 눈앞에 있는데 가는 길이 불편하다고 해서 다른 복권을 사러갈 이유는 없다.

회귀자는 조금 더 확실한 쪽에 걸었다.

고작 미친 늙은이 몇 명이 불편하다고 해서 굴러들어오는 복을 차는 짓이야말로 멍청한 짓이다.

물론 문제가 아예 없는 것은 아니다.

'내 안전.'

내 안전이야말로 가장 중요하다.

회귀자가 그리는 그림을 망치지 않는 선에서 내 안전을 도모하는 것이 차희라를 찾는 이유.

언젠가는 내 안전을 위해 김현성이 그리는 그림을 망쳐야 할 시기가 올지도 모르지만 그게 지금은 아니다.

'감당할 수 있어.'

노망난 늙은이나 다 죽어 가는 길드는 감당할 수 있다. 도박은 싫어하는 편이지만 나는 지금 던져야 되는 타이밍이라고 생각했다.

"붉은 용병 말씀이십니까?"

"잠깐 다녀오도록 하겠습니다."

"갑자기 왜……."

"용병여왕과 나눌 말이 있습니다."

"차희라…… 말씀이시군요."

대충 고개를 끄덕였다.

김현성의 표정은 뭔가 애매모호했지만 아니나 다를까, 박덕구나 정하얀 쪽은 난리가 난 상황.

그때 있었던 사건 때문에 한차례 홍역을 치렀는데도 그 미친 여자를 찾아간다고 하니 저런 반응을 보이는 것도 무리는 아니다.

대놓고 불안해하는 정하얀과 괜스레 그런 정하얀의 눈치를 보고 있는 박덕구. 특히 정하얀 같은 경우에는 얼굴이 창백하게 질리다 못해 공황이라도 온 것 같은 표정이었다.

"오빠……."

"거, 형님……. 그 여자한테 가려는 건 아니겠……."

"아니다. 파티에 도움이 되는 일일 거야."

"아무리 그래도…… 그 불여시한테……."

"오, 오빠……."

정하얀의 입장에서는 마른하늘의 날벼락처럼 들릴 것이다.

애초에 나와 차희라 사이에 있었던 일을 없었던 일로 하려던 참이었다. 때문에 갑작스레 내가 붉은 용병으로 향한다는 말을 꺼냈을 때 정하얀으로서는 놀랄 수밖에 없었을 터.

솔직히 무슨 사고를 치지 않을까 불안하기는 했지만 내 나름대로의 안전장치를 마련한다면 당장은 괜찮아질 거라고 생각했다.

"이유를 물어도 되겠습니까?"

딱히 숨길 이유는 없다.

"뒤를 봐주는 사람이 필요하다고 생각했습니다. 조금 더 자세한 건 일이 잘 풀린 이후에 말해드리도록 하겠습니다."

"아…… 그렇군요."

김현성의 반응은 나쁘지 않다.

이쪽이 그녀와 끈을 만들어 놓는다고 말하는 것과 다름없으니 놈의 입장에서는 환영하고 싶은 심정일 것이다.

정하얀은 겁을 먹은 표정이다.

자신이 버려질지도 모른다고 생각하는 것 같지만 당연히 그럴 일은 없다.

뭔가 이쪽을 향해 뭔가 말하고 싶다는 듯 입을 뻐끔거리고 있지만 목이 메는지 아니면 나와 김현성의 대화에 끼어드는 것은 실례라고 생각하는지 우리의 대화를 가로막지는 않았다.

침묵을 유지하고 있는 것은 박덕구 역시 마찬가지.

정하얀의 손을 슬쩍 잡아줄 수밖에 없었다.

"잠깐 이야기 좀 하고 다녀오겠습니다."

"네."

평소였으면 얼굴을 붉혔을 정하얀이 저런 반응을 보이는 것을 보면 확실히 충격이 이만저만이 아닌 모양이다.

갑작스레 흐뭇해진 박덕구의 미소를 뒤로 한 채 정하얀과 함께 복도를 걷기 시작하자 그제야 개미만 한 목소리가 들린다.

"가…… 가지 마세요."

"별일 없을 거야."

"그래도……."

"이야기만 짧게 나누려는 거니까 걱정할 필요 없어."

"저도 같이…… 가, 가요."

"혼자 다녀오는 게 더 좋을 거야."

"가지……. 가지 마세요. 가면…… 가면……."

목소리가 점점 더 가라앉는다.

조금은 예상했던 상황이었지만 뭔가 알 수 없는 오한마저 느껴져 조금 당황할 수밖에 없었다.

그렇지만 이번 일은 우리 파티에게, 무엇보다 나에게 가장 중요한 일이다.

정하얀은 지금 당장 나를 지켜줄 수 있는 능력이 없다.

살짝 그녀를 벽에 밀어 붙였다.

창백해지고 조금은 뒤틀린 얼굴에 깜짝 놀랐다는 감정이 들어선다.

"오, 오빠."

말은 하지 않는다. 대신 손으로 그녀의 턱을 들어올린다.

얼굴이 터질 것 같이 붉어진 정하얀은 갑작스레 이게 무슨 상황인지 정신을 못 차린다. 방금같이 가라앉은 목소리 대신 묘하게 긴장한 것 같은 목소리가 들려왔다.

"오빠. 오빠……."

천천히 얼굴을 가까이 대자 내 얼굴을 전부 담아두려는 듯

이쪽을 바라보는 얼굴이 보인다.

입술에 부드러운 감촉이 닿기 시작.

분위기고 무드도 없이 그저 입을 맞출 뿐이었지만 정하얀에게는 충분히 먹히는 모양이다. 이쪽의 머리를 두 팔로 감은 이후에는 혀와 혀가 얽히기 시작했다.

이것까지는 계획은 없었지만 상관없다.

마치 전에 있었던 더러운 것을 소독이라고 하겠다는 것처럼 이쪽을 애타게 찾는 느낌으로 달라붙는다.

머리카락을 꽉 쥔 손 때문에 아프지만 묘하게 흥분되는 분위기 때문인지 그 아픔마저 기분 좋은 느낌으로 다가온다.

"아⋯⋯."

분명히 처음에 먼저 입맞춤을 시도한 것은 이쪽이었지만 몸을 부들부들 떨고 있는 정하얀은 오히려 이곳에서 더 한 짓이라도 할 것 같은 기세.

그동안 숨겨왔던 욕망을 폭발이라도 시키려는 것처럼 집요하게 물고 늘어지는 덕분에 그녀를 떨어뜨리기가 쉽지 않다.

숨이 한계까지 다다른 이후에야 타액이 길게 늘어지며 잠깐 숨을 고르는 시간을 가질 수 있었다.

그러나 이성을 잃은 정하얀은 다시 한번 내 목을 감아오며 입을 열었다.

"오빠. 오빠. 오빠. 오빠."

다시 한번 입을 맞춰온다.

피할 이유는 없다.

지금은 어리광을 받아주는 것이 중요하니까.

의도한 건지는 모르겠지만 혀에 따끔한 느낌이 든다. 정하얀이 이쪽의 혀를 살짝 깨문 것이다.

인상이 살짝 찌푸려지기는 했지만 문제는 없다.

정하얀 본인도 깜짝 놀라 나를 바라봤을 때 그제야 정하얀을 천천히 떼어 놓을 수 있었다.

"좋아해."

귀에 달콤한 말을 속삭인다.

환희로 몸이 부들부들 떠는 것이 눈에 보인다.

그래. 환희.

표정에 보이고 있는 감정은 틀림없이 환희였다.

"저도 사랑……. 사랑해요."

"나는 우리 하얀이를 지켜주고 싶어."

반은 진심이다.

"저도…… 저도……."

"다치지 않기를 원해."

"저도 그래요!"

"그래서 필요한 일이야. 그 여자와 좋은 관계를 유지하는 건 우리에게 필요한 일이야. 내가 강하지 않으니까."

"내가…… 강하지 않으니까……."

"그래. 우리가 강하지 않으니까."

"그래도…… 그래도."

"괜찮을 거야."

복잡한 표정으로 입을 꾹 다물고 있는 정하얀이 보인다.

대충 어떤 생각을 하는지 알 것 같다.

물론 굳이 해석하려고 애를 쓰지는 않았다.

대신 잡고 있던 손을 넣고 다시 한번 살짝 입술에 입을 맞춘다.

별것 아닌 일이다.

정하얀은 내가 어쩔 수 없이 팔려가는 입장에 처한 줄 아는 모양이다만 정말로 대화를 나누러 가는 것뿐이다.

그렇지만 지금의 흐름은 나쁘지 않다고 생각했다.

'좋아.'

예측 불가능한 여자는 믿을 수 없다.

위험하기는 하지만 나를 가장 잘 지켜줄 수 있는 존재가 바로 눈앞에 있다.

알 수 없는 책임감이 깃든 얼굴.

그녀는 오늘 이후로 조금 더 자신의 성장에 몰두하게 될 것이다. 힘이 없어 나를 보내야만 한다는 사실을 인지하고 있을 테니까.

닭똥 같은 눈물을 흘리고 있는 그녀에게는 이 상황이 다큐멘터리처럼 보이겠지만 나에게는 신파.

별것 아닌 일이 엄청나게 큰일인 것처럼 포장되고 있는 것을 보니 괜스레 웃음이 나왔다.

"저번 같은 일은 일어나지 않을 거야."

"히끅."

"사랑해."

"아…… 아아."

살면서 이런 말을 입 밖으로 내뱉어 본 적 없지만 다리가 풀려 땅바닥에 주저앉은 채 다시 한번 부들부들 떠는 정하얀을 보니 나쁜 선택은 아니었던 모양.

한 번 더 이마에 입을 맞춘 뒤 천천히 발걸음을 옮겼다.

계획이 일부 망가졌다.

정하얀과의 관계를 조금 급하게 진행시킬 수밖에 없었다.

물론 자체적인 평가는 나쁘지 않다. 좋은 분위기에서 로맨틱하게 맺어지는 방법도 있지만 이런 종류의 위기가 우리 사이를 조금 더 단단하게 만들 테니까.

'미친 늙은이.'

가진 바 힘이 미천해 피해를 입은 것은 정하얀뿐만이 아니다.

나 역시 마찬가지.

예상하지 못한 불순물을 배제할 힘이 부족했다. 머리가 나쁘면 몸이 고생한다.

그렇지만 그 반대의 경우에도 해당되는 이야기다.

숙소를 나서는 것은 순식간이었다.

발걸음을 옮긴 지 얼마 지나지 않아 붉은 용병 길드가 머물고 있는 곳이 시야에 비쳤다.

깜짝 놀랐다는 눈으로 나를 본 한 길드원이 급하게 이쪽으로 달려오기 시작했다.

"무슨 일이십니까?"

"차희라 님을 뵈러 왔습니다."

"아! 잠시만 기다려 주시겠습니까?"

"물론입니다."

조금은 떠들썩해진 것 같은 느낌.

이윽고 약간의 시간이 흐른 뒤에 길드원 한 명이 고개를 끄덕이며 아까의 말을 이었다.

"안으로 들어가시면 됩니다. 가장 끝 방입니다."

"네."

어떻게 말을 해야 할지 생각은 했지만 이 상황을 어떻게 풀어내야 할지 막막하기는 마찬가지다.

발걸음이 괜스레 무겁다.

차희라는 이기영이라는 인간에게 별로 관심이 없을 테니까. 붉은 용병에 들어가고 싶다고 말한다면 상황이 달라질 수야 있겠지만 그런 것도 아니다.

　문을 한 번 두드리니 안에서부터 목소리가 들려왔다.

　"들어와요."

　"네."

　문을 열고 들어서니 침대에 누워 하품을 하고 있는 여자가 한눈에 들어왔다.

　여전히 붉은색 머리에 속이 비치는 듯한 옷을 입고 있다.

　저번과 마찬가지로 시선을 어디로 돌려야 할지 고민했지만 허둥대지 않은 채 앞에 있는 권력자를 마주했다.

　"생각이라도 바뀌었나 보네요?"

　"그런 건 아닙니다."

　"그럼…… 어째서 이렇게 혼자 찾아왔는지에 대해 설명해 줘야겠는데. 기분 좋은 꿈을 꾸고 있었거든. 솔직히 조금 불쾌할 지경이야. 나는 간보는 남자는 별로 좋아하는 편이 아닌데…… 멋진 애인을 두고 누나를 잊지 못해서 찾아온 건 아닐테고."

　어떤 식으로 이야기를 꺼내야 할지 감이 잡히지 않았다.

　내가 아직 차희라는 사람에 대해서 제대로 파악하고 있지 못하고 있었기 때문이다.

　호탕해 보이는 성격으로 봤을 때 주눅이 들거나 겁먹었다는 태도는 패스. 제안을 하러 온 입장인 만큼 나는 그녀에게 당당해질 필요가 있다.

숨을 들이마신 뒤 속으로 생각하고 있던 문장을 내뱉었다.

"스폰서가 되어주셨으면 합니다."

장내에 침묵이 가라앉았다.

조금은 놀랐다는 표정의 차희라는 이내 굉장히 흥미 있다는 표정으로 이쪽을 향해 입을 열기 시작했다.

조금은 매혹적인 목소리였다.

"흐음. 너…… 잘해?"

'뭔 소리야.'

얼굴은 정말로 재미있다는 표정이었다.

궁금해하고 있는 표정이기도 했지만 그것보다는 입맛을 다시는 것 같은 느낌이었다.

"사실 지금까지 이렇게 대놓고 이야기해 오는 사람은 없었는데……. 자신 있나 봐? 솔직히 말해서 네 외관은 내 취향이기는 한데, 나는 조금 뱀상을 좋아하거든. 눈이 조금 찢어진게 마음에 드네. 딱 꼬집어 말하면 잘생긴 건 아닌데 매력 있어 보이기는 해."

"그게……."

"구매 욕구가 아예 생기지 않는 건 아니야. 그래도 믿고 써볼 만한 제품인지 한번 시험해 봐야 될 것 같은데. 어때?"

다리를 꼰 채 자신의 옆자리를 툭툭 두드린다.

그제야 저 여자가 내 제안을 무슨 뜻으로 받아들였는지에 대해 이해할 수 있었다.

순식간에 얼굴이 붉어질 지경.

'뭐…….'

스폰이라는 말이 오해를 불러일으킨 것 같았지만 이런 이야기도 제대로 알아듣지 못할 정도로 멍청한 여자로 보이지는 않았다.

'진지하게 생각하고 있지 않고 있나?'

아마도 그럴 확률이 높을 것이다.

"그런 뜻으로 말씀드린 게 아닙니다."

"그럼 무슨 뜻으로 말한 걸까."

"그건……."

"이기영. 내가 너한테 투자한다는 건 어디까지나 네가 우리 길드에 왔을 때의 이야기야. 물론, 네 사랑스러운 애인과 함께 왔을 경우에. 너 혼자 온다고 해도 솔직히 받아들일 용의는 있어. 썩 재능이 좋은 것 같지는 않지만…… 나는 연금술에 대해서 그리 부정적이지는 않거든. 좋은 관계를 만들어놓는 것도 나쁘지는 않다고 생각해."

"아."

"그렇지만 네가 타 길드로 이적한 뒤에도 이쪽의 투자를 받는다는 건 말도 안 되는 소리지. 그건 내 역할이 아니야. 너의 소속 길드가 할 일이지. 아무것도 아닌 타인에게 투자를 해? 차라리 너와 한 달에 몇 번 함께 놀아주는 걸 대가로 돈을 쥐어주는 게 더 수지가 맞는 장사라 이거야. 그게 이쪽에는 더 이득이라는 소리라고. 이해할 수 있겠어?"

'제길.'

팩트가 너무 강하게 치고 올라온다.

말하자면 이기영 개인의 성장 기대치에 투자하는 것보다는 잠자리에 투자를 하는 게 더 수지가 맞다고 생각하는 것이다.

물론 이런 식으로 비호를 받는 것도 나쁘지는 않다.

연기인지 아닌지 모르겠지만 그녀는 지금 나를 원하고 있는 것처럼 보였으니까.

물론 좋아한다는 감정보다는 단순히 재미있는 장난감을 발견한 듯해 보인다.

자존심이고 나발이고 지금 이 순간에도 저 여자의 말 잘 듣는 강아지가 되는 게 이득인지 아닌지에 대해서 따져보는 내가 싫어진다.

그렇지만.

'그럴 수는 없어.'

스스로의 가치를 그렇게 떨어뜨릴 수는 없다.

한 번 품에 들어온 장난감은 언젠가 질리게 마련이다.

나는 겨우 그런 걸 원하는 게 아니다.

"당연히 이해할 수 있습니다, 차희라 님. 개인의 스폰서가 되어 달라고 말하는 것이 아닙니다. 이번 회 차에 튜토리얼을 첫 번째로 공략한 저희 파티의 스폰서가 되어주시길 말씀드리고 있는 겁니다. 김현성이나 정하얀은 틀림없이 성장할 겁니다. 대륙에서 손에 꼽힐 만큼 강자로 성장할지도 모르죠."

"그래서?"

"네?"

"그래서 어쩌라고. 그들이 성장하든 말든 나랑은 별로 상관없어. 이미 내가 손에 꼽힐 만한 강자 중에 하나야. 우리 길드의 길드원 역시 어디 내놔도 손색이 없고. 마법사가 탐이 나기는 하지만 골드만 뿌리면 마법사는 언제든지 고용할 수 있어. 마도 길드나 마탑의 마법사들을 당장 고용할 수 있는 자금력을 가진 게 내 붉은 용병이야. 정하얀이 성장한다고 쳐도 최소 3년은 걸릴 텐데, 그때까지 내가 너를 스폰해 줄 이유가 있나?"

"……."

"내가 필요한 건 붉은 용병 소속의 마법사야. 남이 가지고 있는 건 필요 없다고. 계속 말 같지도 않은 소리할 거면 그냥 얌전히 옆으로 와서 애교나 부려 봐. 가격은 섭섭하지 않게 쳐 줄 테니까. 선물도 종종 챙겨 줄게."

'개…….'

화대를 준다는 말은 정말로 당황스럽게 들려올 지경이다.

무슨 말을 해도 이쪽의 말을 장난으로 받아 던질 것 같은 느낌이었다.

품에 살짝 쥔 아티팩트를 천천히 꺼내든다.

뭔 짓을 하는지 궁금하다는 표정이다. 잠깐이지만 눈에 이채가 생겨났다.

당연히 그럴 것이다.

처음 만났을 때 그녀가 내 품속에 넣어 준 아이템이었으니까.

[마력 팬던트-희귀 등급]

[마력을 3 올려주는 팬던트입니다. 마법의 효과를 증폭시켜 주는 기능을 가지고 있습니다. 어디서 발견됐는지는 정확히 파악되지 않았습니다.]

"나는 이딴 게 필요한 게 아니야."

침대 옆에 툭 하고 떨어진 팬던트를 보고 황당하다는 표정을 보내오는 것은 순식간이다. 지금 무슨 상황이 벌어진 건지 제대로 이해하지 못하고 있는 것 같았다.

"너……."

확실히 무리수를 던지기는 했지만 최소한 진지하게 대화를 나눌 수 있게 됐다.

"골드도 아니고."

"……."

"내가 필요한 건 네 명성과 힘이야. 용병여왕 차희라라는 브랜드가 필요한 거지. 나도 이런 것들은 관심 없어."

"너, 지금 네가 무슨 짓을 하고 있는 건지 이해하고 있어? 신입에게 손을 대지 않는 건 모두가 암묵적으로 합의하고 있는 내용이지만 이런 식으로 나오는 건 네게 좋지 않을 거야. 좋은 조건을 받으니 위치 파악이 안 되는 모양인데……."

"내가 어떤 위치에 있는지는 당연히 알고 있어. 네 한마디면 이 자리에서 흔적도 없이 사라진다는 것도 알고 있고, 당장 어디 가다가 아무도 모르게 뒈져 버릴 수도 있다는 것도 아주 잘 알고 있다고."

"……."

"그래서 네가…… 아니, 당신이 필요한 겁니다."

천천히 말을 내뱉고 그녀를 바라봤을 때였다.

방 안을 가득 채운 살기와 마력.

늙은이의 것과는 비교도 되지 않을 정도의 압박감이 순식간에 치고 들어왔다.

"재미있네. 알고 행동하고 있어서 더 짜증 날 것 같아. 네가 무슨 생각을 하고 무슨 소리를 하려는지 알겠어. 잠깐이지만 내가 어떤 성격을 가지고 있는지도 파악하고 있는 것 같아서 흥미롭고. 솔직히 말하면 정말 취향이야. 내 앞에서 당당할 수 있는 남자는 얼마 없거든……. 이런 대우를 받아본 게 얼마만 인지 모르겠네. 그것도 이곳에 들어온 지 얼마 되지도 않은 신입한테 말이야."

"……."

"그래도 정도가 조금 지나쳤다는 건 인지하고 있는 거지? 있잖아. 본래 연금술이라는 건 등가교환이라고 하잖아. 나를 네 고기방패로 써먹을 거라면 그에 준하는 상품은 준비되어 있는 거겠지? 만약에 그렇지 않다고 한다면 너는 네가 한 행동에 대해서 책임을 져야 할 거야."

말을 하는 것도 버겁다.

그렇지만 실패라고는 할 수 없다.

일단 대화를 나눌 수 있는 여지는 만들었다.

"말해."

"첫 번째는…… 앞으로 제가 만들 포션에 대한 지분입니다."

바들바들 떨리는 손으로 품에 있는 영웅 등급의 서책을 꺼내들어 땅바닥에 집어 던졌다.

잠깐 동안 흥미롭다는 표정이 스치고 지나갔다.

"네가 그 정도로 대단해질 수 있다는 것처럼 들리는데…… 영웅 등급의 서책을 어디서 구했는지는 모르겠지만, 이게 전부라면 조금 고달파질걸?"

"일 퍼센트…… 드리도록 하겠습니다."

"겨우?"

"돈 방석에 앉으실 겁니다."

밑도 끝도 없는 허세와 거짓말이다. 그렇지만 그녀의 입장에서는 묘하게 신뢰가 가는 목소리일지도 모른다.

왜?

나는 목숨을 걸고 있으니까.

"두 번째는…… 저희 파티와의 우호 관계입니다."

"아까 말했잖아. 내 것이 아닌 거에는 관심이 없다고."

"우리는 당신이 상상도 할 수 없을 정도로 커질 겁니다."

"사기꾼 새끼."

"농담이 아닙니다. 우리는 강해질 거고 이 제국을 대표하는 길드가 될 겁니다. 붉은 용병의 혈맹으로서 항상 당신의 곁에 있을 겁니다. 별것 아닌 투자로 당신은 이후의 저희와 좋은 관계를 구축할 수 있을 겁니다. 그 어떤 길드나 세력보다 먼저."

"지금 네가 하는 말이 혓바닥이 긴 놈들이 하는 개소리라는 건 알고 있는 거지? 투자비용이 들어가지 않는다고 해도 네가 만든 포션이 잘 만들어진다는 보장이나 너희 파티가 성장할 수 있다는 보장은 어디에도 없어."

"세 번째."

"……."

"필요로 하시는 마법사를 드리도록 하겠습니다."

"개소리."

"이번 튜토리얼에서 끝나고 나온 이들 중 최소 3년, 아니, 2년 안에 제대로 된 효율을 뽑아낼 수 있는 인원을 선발해 차트를 만들고 그 명단을 차희라 님에게 드리도록 하겠습니다."

조용히 입을 다물고 있는 그녀의 모습이 보였다.

붉은 용병 길드의 프로젝트가 이제 막 시작되고 있다고 한다면 내 제안은 그녀의 구미를 당기고 있을 것이다.

"흥미롭긴 하지만…… 가능한 일이야?"

"자신하고 있는 첫 번째 이유는 제가 얼마 지나지 않아 교섭권을 가지고 있는 파란의 간부가 된다는 점이고."

"흐음."

"두 번째 이유는……."

"……."

"비밀입니다."

"너."

"연금술이라는 건 본래 등가교환이라고 하셨지요."

내가 재능을 가지고 있는 이들을 찾을 수 있다는 건 비밀.

그녀의 비호가 중요하기는 하지만 모든 걸 까발리는 건 역시나 이쪽이 손해다.

조용히 있는 차희라.

내가 가지고 있는 비밀과 자신의 비호가 등가교환이 되지 않는다는 발언에 대해서 생각해 보고 있음이 틀림없다.

제발 만화에서 나오는 호탕한 캐릭터처럼 하하 웃어주며 이 자리가 원만하게 마무리됐으면 좋겠다.

그렇지만 그러지는 않을 모양.

무척이나 심각한 표정으로 머리를 굴리고 있는 모습이 보인다. 이해득실을 따지기 시작한 것이다.

'제기랄.'

어쩌면 내가 가지고 있는 비밀에 대해 추론하고 있을지도 모른다고 생각했다.

우리 파티가 성장한다는 확신. 그리고 성장할 수 있는 마법사들을 찾아줄 수 있다는 것. 완벽하게는 아니겠지만 어쩌면 어느 정도 결론에 도달했을지도 모른다.

'너무 많이 풀었나.'

입술을 깨물고 있었던 그때였다.

"네가 만들 포션의 대한 지분은 1퍼센트가 아닌 3퍼센트로. 마법사에 명단은 물론 근접 직군에 대한 명단도 함께 받도록 하겠어. 그리고 방식은 내가 정한다."

"무슨……."

"내 비호가 필요한 거 아니었어? 그 누구도 너를 건드리는 일은 없을 거야. 대신 그 방식은 내가 정한다는 거야."

"어떻게……."

"그건 오늘 내로 알게 될 거야. 그래서 할 거야 말 거야?"

당연히 거절할 이유는 없다.

"잘 부탁드립니다."

"나중에 따로 이야기를 할 수 있는 시간을 가져보자고."

이만 나가보라는 듯이 손을 휙휙 젓는 차희라의 모습이 보였다. 꽤나 만족스러운 표정이었다.

이쪽의 제안이 마음에 들었다는 걸 실감할 수 있었다.

'됐다.'

슬쩍 몸을 돌려 방 밖으로 나오자 차희라의 방을 향해 우르르 몰려가는 사람들을 눈에 담을 수 있었다.

모두 근접 직군으로 보이는 이들이다.

마음의 눈으로 한 번 그들을 살펴보자 붉은 용병의 간부들이라는 사실을 눈치챌 수 있었다.

아마도 방금 있었던 대화에 대한 회의를 하려는 것.

이쪽의 제안을 어떻게 생각하느냐에 대한 이야기부터 이기영 개인을 보호하겠다는 이야기를 하고 있음이 틀림없다.

문제는 어떻게 보호하느냐에 대한 것이다.

기분 좋게 붉은 용병의 숙소를 나서는 순간 갑자기 떠오른 상태창에 메시지에 그녀가 무슨 생각을 하고 있는지 알 수 있었다.

[칭호를 얻으셨습니다.]

"뭐?"

[칭호-용병여왕의 정부]

"제기랄."
이 대륙에 넘어와 첫 번째로 얻은 칭호였다.

파란 길드와의 협상은 물 흐르듯이 진행됐다.

개인 계좌를 개설하는 동시에 계약금은 곧바로 들어왔고 영웅 등급의 아이템은 아직이지만 분에 넘치는 직위를 받을 수 있었다.

확실히 약속했던 그대로였다.

사실 마지막까지 파란으로 가는 것에 대해 고민 아닌 고민을 하기는 했지만 알면 알수록 나쁘지 않은 점이 눈에 들어왔다.

붉은 용병 길드 같은 경우에는 길드마스터에게 권위가 집중되어 있지만 파란 같은 경우에는 조직체계가 생각보다 세분화되어 있었다.

길드마스터 그리고 부길드마스터, 그 아래에 있는 여섯 개의 팀과 몇 가지의 행정직급이 존재했던 것.

쉽게 설명하자면 파란 길드는 6개의 파티로 이루어져 있다는 소리가 된다.

파티는 다섯 명에서 많게는 열다섯 명까지 구성되어 있었다. 다른 길드의 체계가 어떻게 되어 있는지는 알 수 없었지만 김현성이 어째서 파란을 눈여겨봤는지 알 것 같았다.

'같이 움직이는 게 편하니까.'

녀석의 바람처럼 우리가 들어가는 즉시 파란에서는 새로운 파티가 신설됐다.

일곱 번째 파티의 파티장은 김현성.

아직 정식으로 출원됐다고 하기는 힘들지만 시간이 얼마 지나지 않아 곧 자리를 잡을 수 있을 것이다.

여기까지가 파란이 본래 우리에게 해주기로 한 것들이었다.

남은 것은 아직 지급되지 않은 영웅 등급의 아이템과 내가 가지게 될 직위.

아마 나를 어디로 배정해야 할지 무척이나 고민했을 것이다. 이설호 같은 고인 물에게 꿀리지 않을 직위를 준비해야 했기 때문이다.

물론 시간이 얼마 지나지 않아 나를 위한 직위가 마련되기는 했다.

'비전투직군 특수행정관.'

누가 봐도 애매하고 급조했다는 느낌이 드는 직위다.

본래 파티에 소속되어 있는 이가 행정직 자리에 앉아 있는 것 자체가 이례적인 일이었지만, 나 역시 김현성 파티와 함께 성장할 수 있는 기반을 마련해 주기 위한 이상희의 배려였다.

'좋지.'

아무튼 간에 나 때문에 파란 길드는 한 가지의 행정직을 더 떠안게 됐다.

내게 할당된 직무가 무엇인지는 그 누구도 알지 못한다.

행정업무 전반에 걸쳐 도움을 주라는 이야기겠지만 지금 당장은 일을 맡기기 힘들 테니까.

그럼에도 불구하고 이 정도로 급하게 직위를 나누어 준 것은 분명 뭔가 바라는 게 있을 거라고 생각했다.

그야……

"기영 씨, 밖에 선물이 도착했습니다."

"아. 고맙습니다, 현성 씨."

나는 용병여왕의 정부였으니까.

'시발.'

마음대로 할 거라고 했을 때부터 뭔가 불길했지만 이런 식으로 대놓고 치고 들어올지는 몰랐다.

건방졌던 나에게 작은 복수를 하고 있는 것은 아닌지 생각했지만 매일 매일 손 편지와 함께 어마어마한 선물을 해주는 것을 보면 이왕 투자하기로 한 거 확실하게 해주는 게 좋겠다고 생각한 모양이다.

물론 원하는 건 확실히 이루어졌다.

용병여왕의 정부를 건드릴 미친놈은 적어도 베니고어 신성 제국에는 없을 테니까.

'그래도……'

"이건 아니야."

이런 방식은 내가 의도했던 방식과는 조금 달랐다.

물론, 조금 심란한 나와는 다르게 파란 길드는 때 아닌 호황을 맞았다.

현재 신성제국에서 가장 유력한 길드인 붉은 용병과 급진적으로 가까워지기 시작한 것.

물론 그 중심에 내가 있는 만큼 길드에서의 내 위치가 올라가기는 한 것 같다.

그러나 한편으로는 안 좋은 시선도 받을 수밖에 없었다.

'붉은 용병의 용병여왕 차희라가 튜토리얼에서 막 나온 신입에게 빠져 헤어 나오지 못하고 있다. 그 신입은 파란 길드의 간부이며 용병여왕의 끝없는 구애를 받고 있다.'

라는 소문 때문이다.

그밖에도 개 같은 말이 나오기는 했다.

숨겨진 애인을 따로 두고 있는데도 그런 짓을 하는 놈이라든가, 잠자리 기술이 뛰어나다든가, 지구에서부터 알고 있었던 사이라든가 하는 개소리들 말이다.

물론.

이 모든 소문은 붉은 용병 길드에서 자체적으로 퍼뜨린 소문이었다.

튜토리얼 던전의 앞이라는 한정된 공간에 이미 소문이 쫙 퍼진 상황이었으니 아마 신성제국의 앞마당까지 소문이 닿았으리라.

'제길…….'

멍하니 산처럼 쌓여 있는 물건들을 보며 함께 서 있는 김현성이 슬쩍 말을 걸어왔다.

녀석의 입장에서도 당황스럽고 황당할 것이다.

녀석이 생각하는 차희라의 모습은 이런 모습과는 거리가 있을 테니까.

"그녀와 어떤 이야기를 주고받았는지 말해주실 수 있으시겠습니까?"

"별건 아닙니다. 다만 저희를 스폰해 달라고 이야기했을 뿐입니다. 어째서 이러는지 모르겠지만 아마 질 나쁜 장난일 겁니다."

"흐음. 그럴지도요. 그렇지만 그녀가 보낸 선물을 보니 확실히 기영 씨가 그녀에게 좋은 인상을 남기기는 한 모양입니다."

김현성의 말에 슬쩍 건물 앞에 쌓여 있는 물품들을 보자, 이런 종류의 오해가 어째서 신뢰감을 가지고 있는지에 대해 깨달을 수밖에 없었다.

[고대 공화국의 약물제조 연금술 키트-영웅 등급]

[고대 공화국에서 전승으로 내려오는 연금술 키트입니다. 지하 실험실에서 발견된 이 기본 장비는 오랜 시간이 지난 현재에 이르러서도 원형을 유지하고 있습니다. 특수한 약품 처리가 되어 있는 것 같지만 마력을 품고 있어 그 질과 성능이 매우 우수합니다. 물약 제조 성공률이 올라갑니다. 사용자의 행운 수치를 일시적으로 올려줍니다.]

이것뿐만이 아니다.

[미노타우르스의 힘줄-희귀 등급]
[벤시의 마력정수-희귀 등급]
[트롤의 혈액-희귀 등급]
[신원을 알 수 없는 몬스터 혈액-희귀 등급]
[신성제국의 성수-희귀 등급]

연금술에 사용되는 온갖 촉매들이 상자 째 쌓여 있다.

상자 가장 위에 있는 편지에는 보라는 듯이 애정을 가득 담은 손 편지가 놓여 있다.

-항상 고맙습니다. 별것 아니지만 부디 받아주셨으면 합니다. 세상에서 가장 멋진 내 님에게 사랑을 담아서. 차희라.

'이…… 제기랄…….'

당연하지만 싫은 것은 아니다.

공짜로 선물이나 비싼 물품들을 뿌려주는 게 싫을 리가 없다.

사실, 타인의 시선도 별로 신경 쓰이지는 않는다.

문제는 정하얀이다.

당연히 정하얀뿐이다.

처음 이 선물이 도착하고 소문이 퍼지기 시작했을 때의 그녀의 표정은 말로 표현할 수가 없을 정도였다.

용병여왕이 준 선물들을 향해 마법을 퍼붓는 것은 아닌가 걱정했지만 오히려 그 큰 눈 한가득 눈물을 글썽였다. 자신이 내게 해줄 수 있는 게 없다는 것에 스트레스를 느끼는 것 같았다.

지금으로서는 내게 이런 일을 해줄 수 없다는 것을 본인이 가장 잘 알고 있는 것이다.

물론 차희라와는 아무 관계가 아니며 내가 사랑하는 것은 오직 너뿐이라며 계속해서 설득 아닌 설득을 하고 있지만 정하얀은 혼자 조용히 생각하는 시간이 많아졌다.

마법 수련에 미친 듯이 몰두하는 것은 마치 스스로를 혹사시키고 있는 것처럼 보일 정도.

나와 함께 있는 잠깐의 시간을 제외하면 잠도 거의 자지 않을 정도였다.

물론 스킨십을 하는 시간 역시 마찬가지.

아마 이런 시간까지 없었다면 정하얀은 버티지 못했을 것이다. 서로의 감정을 재확인하는 시간이기는 했지만 그녀의 입장에서는 더러운 것으로부터 나를 소독하는 시간이기도 했으니까.

"하얀이는……."

"하얀 씨는 뒤쪽 호숫가에 있을 겁니다. 최근에는 수속성 마법에 대해 수련하고 있는 것 같더군요. 아마 그쪽에 가시면 찾으실 수 있을 겁니다. 덕구 씨도……."

"덕구요?"

"덕구 씨도 호숫가에서 배를 만들고 있는 것 같았습니다. 오늘 아침부터 시작한 것 같습니다만."

"배를요?"

"네. 하얀 씨가 아무래도 호숫가를 바라보고 있는 게 혹시

뱃놀이라도 하고 싶은 건 아닌가 생각하는 것 같습니다. 일단 수련에 도움이 되는 것 같아 놔두기는 했습니다.”

왠지 모르겠지만 괜스레 등골이 서늘해졌다.

‘박덕구…….’

또 무슨 설계를 하려는 건지 모르겠지만 별로 좋을 것 같지 않다. 괜스레 침을 삼켰을 때 다시 한번 김현성이 말을 걸었다.

“그보다 일은 잘되고 있습니까?”

“네. 물론입니다. 아직은 회의를 따라가기 힘들지만…… 조금은 파란에 대해 알 것 같습니다. 이제야 다른 장소에서도 튜토리얼 던전이 열리고 있다는 것 같습니다. 조만간 이적시장이 열릴 것 같지만 아쉽게도 길드 자체에서 공략조에 투자할 수 있는 여력이 없던 터라…… 많아야 한두 명일 겁니다. 생존자 중에서도 가능성이 있는 이들이 있을 테니 그쪽에 조금 더 투자하기로 한 것 같습니다.”

“음……. 저희 때문이군요.”

완벽히 정답이다.

“그렇다고 볼 수 있겠죠. 그렇지만 가능하다면 저희 파티에 들어올 인원은 계약금을 사용하는 것은 어떨지 생각 중입니다.”

“나쁜 생각은 아닐 겁니다. 길드 차원에서도 조금 기뻐할 것 같고요.”

“그렇다면 다행입니다. 그쪽은 좀 어떻습니까?”

"길드 주체로 다른 파티와 협연해 던전에 들어간다는 생각을 하고 있는 것 같습니다. 이쪽을 빠르게 성장시키는 게 길드 입장에서는 좋은 방법일 테니까요. 물론 이번 일이 마무리된 이후겠지만 준비는 미리미리 해두는 게 좋을 겁니다."

"혹시 어느 쪽으로……."

"그건 아직 정해지지 않았습니다. 개인적으로는 아직 발견되지 않은 던전을 찾아보는 것도 경험이 될 거라고 생각하고 있습니다. 다만 길드에서는 기본적인 사냥을 나가는 것부터 생각하고 있는 것 같군요."

"아, 그렇군요."

"그럼 저는 회의가 있어 먼저 들어가 보겠습니다. 기영 씨는?"

"아. 저는 먼저 출발하겠습니다."

"네. 그럼 잠시 후에 뵙도록 하겠습니다."

나름대로 영양가 있는 대화였다.

슬쩍 김현성을 바라보자 고개를 끄덕이는 놈의 모습이 보였다.

김현성이 앞으로 우리가 행동해야 할 방침을 정하고 움직이는 쪽이라고 한다면, 나는 그 외적인 부분에서 김현성을 보조한다.

모든 튜토리얼이 끝나고 시장에서 선택받지 못했거나 선택하지 못한 이들 그리고 교육이 끝난 이들을 추려 우리 파티로 데려오는 일이다.

혹시 과거의 인연이 있는지 알아봐야 했기 때문에 김현성도 다른 이들을 살펴봐야 하겠지만 일단 기본적으로 나에게 일을 맡겨보려는 느낌이다.

녀석이 상상하는 것 이상으로 내가 잘하고 있다는 걸 깨달을 수 있었다.

짧은 시간이었지만 상상 이상의 성과를 내주었으니 내 감이 틀리지 않다고 생각하는 모습이 조금 재미있다.

'조금 더 신뢰받아야 해.'

여러모로 쓸모가 있다고 생각하는 쪽이 좋다.

김현성은 틀림없이 쓸 만한 머리를 얻었다고 생각할 것이다.

발걸음을 옮기며 향한 곳은 현재 교육 받는 인원들이 몰려 있는 훈련소. 튜토리얼 던전의 생존자들을 관리하는 장소였다.

김현성과 대화를 나눴던 대로 슬슬 기본적인 교육이 끝난 참이다.

영입에 대한 준비도 할 겸, 차희라에게 보낼 명단도 작성할 겸, 다른 이들보다 조금 일찍 나서는 것이 유리한 것은 당연지사.

물론 이들보다는 타 튜토리얼 던전의 인원이 더욱 중하지만 혹시 내가 알지 못하는 생존자가 있을 수도 있으니 체크해 보는 것도 나쁘지 않다고 생각했다.

"오늘은 파란 길드의 간부들께서 방문하실 예정입니다. 여러분께서는 짧지만 길었던 교육을 마치고 각 길드로 오퍼를 받거나 지원해야 할 것입니다. 통제에 따라 행동해 주시면 감사하겠습니다."

"예."

훈련소의 연무장에서는 오늘 있을 교육이 한창이다.

슬쩍 발걸음을 옮기자 이쪽으로 인사를 해오는 것이 느껴진다. 물론 연무장에 도열해 있는 인원들에게서 나온 인사가 아니었다.

"고생하십니다."

"아! 아닙니다, 팀장님."

"아직 정식으로 임관하지도 않았습니다, 교관님."

"하하. 그래도 곧 파란의 기둥이 되실 분 아닙니까."

"그렇게 말씀해 주시니 감사합니다."

"그보다는 무슨 일로…… 아직 시간이 조금 남아……."

"아. 미리 한 번 둘러보는 게 좋을 것 같아서 말입니다. 과분한 직책을 내려주신 만큼 최선을 다하는 모습을 보여줘야 하니까요."

"과연……."

잠깐의 대화.

그렇지만 이 대화는 분명히 땡볕에 서 있는 이들에게 닿았다.

나를 모르는 이들은 그저 높은 사람이 왔다고 생각하는지 바짝 긴장한 표정이었지만 쉼터에서 나와 함께 있던 이들은 이게 무슨 상황인지 갈피를 잡지 못하고 있다.

'권력이란 거 좋구나.'

믿을 수 없다는 표정을 하고 있는 이들이 시야에 비쳤다.

'역시 줄이란 건 서기 나름이라니까.'

함께 떨어지고 함께 이곳에 들어왔다.

그렇지만 녀석들과 내 입장은 180도 이상 달라져 있었다.

무척이나 극단적으로 말이다.

한쪽은 길드의 간부가 되어 있고 다른 한쪽은 길드와 클랜이 자신을 찾아주기만을 바라는 쪽이 되어 있는 아이러니한 상황.

솔직히 기분이 그리 나쁘진 않다.

내 선택이 틀리지 않았다는 걸 저들에게 말해주고 있는 것 같았으니까.

살짝 주변을 둘러보니 이지혜를 비롯한 쉼터의 이들이 눈에 들어왔다.

그렇게 상태가 나빠 보이지는 않는다.

그동안 꽤나 힘든 훈련을 받은 것을 고려해 보면 건강 상태가 괜찮아 보인다.

그야 시장으로 팔려갈 상품들이니 파란 길드 입장에서도

관리를 꽤나 열심히 했을 것이다.

우습게도 영양 상태는 오히려 나나 정하얀보다 나아보일 정도였다.

처음에 적응하지 못하던 것을 생각해 보면 어느 정도 현실을 받아들인 것 같은 모습도 볼 수 있다. 믿기지는 않지만 정말로 이 세계로 넘어왔다는 걸 실감하고 있는 것이다.

"어……."

쉼터에 있던 이들을 제외하고도 살아남은 이들이 꽤나 많았는지 내가 모르는 얼굴도 많다.

마음의 눈으로 저들을 한 번 훑어보는 것은 오래 걸리지 않았다.

마력 재능 희귀 이상, 영웅 이하, 영웅 이상.

역시나 쉽게 찾을 수는 없다.

희귀 이상은 조금 보이기는 했지만 차희라가 원하는 이들은 아닐 것이다.

그래도 나쁘지 않은 재능을 가지고 있는 이들은 체크하는 것이 당연한 일. 같은 등급을 판정받았다고 하더라도 이상은 이쪽, 이하는 저쪽으로 주는 게 구분하기 편할 것이다.

머릿속으로 인원을 분류하기 시작했다.

"감회가 조금 새로울 것 같습니다."

"네."

교육생의 표정뿐만이 아니라 이 교관의 태도 역시 꽤나 나를 기분 좋게 만든다.

최대한 잘 보이는 게 유리하다고 생각하는 것이 눈에 보인다.

파란 길드에서 운영하고 있는 7개의 파티 중 그 어느 곳에도 해당되지 않은 어중이떠중이들.

이쪽에 잘 보인다면 이번에 신설되는 새로운 파티에 들어올 수 있을 거라고 생각하는 모양이다.

파란에서 정식으로 밀어주는 파티로 들어간다는 건 단순히 연봉이 뛴다는 걸 의미하는 게 아니다.

여러 혜택은 물론, 길드의 지원을 받으며 성장할 수 있다는 것을 의미한다.

이 교관 같은 경우에는 일반 길드원으로 들어온 이후 길드 내 파티에 비벼봤지만 어느 곳에서도 선택받지 못한 것이 분명하다.

아마 자잘한 임무나 의뢰로 길드의 잔심부름을 하다 이쪽 길로 빠진 것이 틀림없다.

사실 파란에서 투자하는 것은 성장 가능성이 보이는 이들뿐이다.

자신들이 투자받지 못해 올라가지 못한다고 생각하는 이들도 있겠지만 재능이 뛰어나다면 어느 파티에서든 데려갔을 것이 분명.

교관을 마음의 눈으로 바라보니 확실히 한계가 느껴지는 성장치가 눈에 들어왔다.

'스탯도 전체적으로 낮아.'

"하하하하하하."

"제가 여기에 온 지 오래되지 않아서 그런데…… 이곳에서의 교육은 어떻게 진행되는 건지 궁금하군요."

"네. 성심성의껏 설명해 드리도록 하겠습니다. 사실 가장 기초적인 교육만 받는다고 생각하시면 될 겁니다."

"음."

"1차적으로는 이곳에 있는 이들에게 직업을 얻게 하는 것이 목표이기는 하지만 사실 직업을 얻어서 밖으로 나가는 이들은 아주 일부입니다. 사냥을 겸하지 않은 교육만으로 직업을 얻는 이들은 아주 일부라, 보통 재능 있는 이들 중에 그런 경우가 많이 나타나고는 하더군요."

정하얀의 경우다.

"그렇군요."

"아예 전투 경험이 없이 살아남았던 인원은 적성을 찾기 힘들기 때문에 여러 교육을 함께 받게 됩니다. 마법사나 사제 같은 경우에는 마력을 느낄 수 있는지 없는지에 대한 여부부터 검사하기 때문에 보통 근접 직군 쪽으로 많이 빠지지요. 아무튼 간에 훈련생들은 그것 외에도 여러 가지를 배우게 됩니다.

기본적인 전투법이나 화폐의 단위, 싸울 수 없다고 판단하는 이들은 비전투직군 쪽으로 들어가 직업 교육을 따로 받게 됩니다."

"직업 교육이라고 하면……."

"예를 들면 청소나 요리, 잡무 등을 담당하는 걸 말합니다. 제국민이 운영하는 식당이나 대장간에 취업하는 이들도 있고 지구에서의 특기를 살려 미용실 같은 서비스직에 종사하는 플레이어도 있지요."

"아……."

"실제로 길드의 투자를 받고 사업을 시작하는 이들은 반응이 나쁘지 않은 편입니다. 붉은 용병 길드의 차희라 님 역시 따로 길드에 헤어디자이너를 두고 있으니까요."

"아아아. 네. 알고 있습니다."

당연하지만 처음 들어본 말이다.

외모를 가꾸는 것 같기는 했지만 내 생각보다 더 신경 쓰는 모양.

그녀도 여자니 당연한 일이겠지만 왠지 모르게 차희라가 관리를 받고 있는 장면이 잘 상상이 되지 않았다.

"그렇다면 비전투직군으로 빠지는 이들의 경우에는……."

"보통 본인의 선택을 존중하는 편이지만 훈련소 차원에서 권장하는 편은 아닙니다. 사실 아무런 기반도 없이 대륙으로 내몰린 경우에는 결과가 그리 좋지 않기 때문이죠. 소정의 골드를 지원해 주기는 하지만 자리를 잡기에는 터도 없는 금액이다 보니……. 대부분은 길드나 클랜에게 컨택 받기를 원하는 편입니다. 위험에 내몰리는 건 어딜 가나 똑같지만 이런 상황에서 인간은 어딘가에 소속되기를 원하니까요."

"으음. 그렇군요."

"네. 대부분이 중형 길드나 대형 길드로 가는 걸 원하지만 이미 자리 잡은 길드에서는 사실 신입에게 투자하고 싶지 않아 합니다. 신인이지만 신인답지 않은…… 음…… 이를 테면 이기영 님들과 같은 분들은 이야기가 달라지지만요."

어디서 많이 들어본 말이다.

'신입답지 않은 신입 혹은 경력 있는 신입.'

"중소 클랜은 조금 어떻습니까?"

"뭐라고 말씀드려야 할지 모르겠지만 중소 클랜은 상황이 더 좋지 않습니다. 아마 대형 길드나 중형 길드의 컨택을 받지 못한 이들은 대부분 중소 클랜으로 들어가겠지만…… 중소 클랜에 들어간 신입들의 생환율은 그다지 높다고 할 수 없습니다."

"재미있군요. 따로 이유가 있습니까?"

"대형 길드에 비해 여유가 없다 보니 무리하게 원정을 떠나는 것이 첫 번째 이유입니다. 길드마다 차이는 있겠지만 지구에서 블랙 기업이 있는 것처럼 이곳에서도 그런 종류의 클랜이 꽤나 많습니다. 대형 길드의 외주를 무리하게 받다 생겨나는 사고도 일상다반사고…… 성과를 내기 위해 길드원을 착취하거나 안전을 고려하지 않은 클랜마스터가 점점 많아지고 있어서 말이죠. 열정 페이는 물론 기본적인 보험도 없이 죽어나가는 이들이 태반입니다.”

“무슨 이야기인지 알겠군요.”

사실 더 들어볼 필요도 없을 것 같다. 이 대륙이 어떻게 돌아가고 있는지 대충 눈에 보인다.

배경만 달라졌을 뿐이다.

뭐라고 딱 말하기는 힘들지만 현대 사회의 완벽한 축소판처럼 보이는 느낌이다.

대형 길드는 모두의 선망의 대상이고 그렇지 않은 중소 클랜은 클랜원을 무리하게 혹사시킨다.

아마 연봉 자체에도 차이가 있을 것이다.

이곳에서 먼저 자리 잡은 기득권은 이후에 들어올 신입들에게 지옥 같은 환경을 선물하는 데 성공했다.

조금 재미있었던 것은 생산직이나 서비스직으로 가는 사람들의 비율이 그리 적지 않다는 것. 어쩔 수 없는 선택이라고 할 수 있겠지만 비전투인원에 대한 체크도 한 번쯤은 필요하다고 생각했다.

자신의 재능을 깨닫지 못한 채 한가하게 빵이나 팔고 있는 이들이 있을 수도 있으니까.

"그밖에는 대륙의 전반적인 상식에 대해서도 교육하는 시간을 가지고 있습니다. 길드나 길드와의 관계, 신성제국과 공화국 그리고 왕국 연합의 관계와 역사 같은 것들 말입니다."

"저희도 아직 제대로 배우지 못한 부분이군요."

"이기영 님 같은 경우에는 길드 차원에서 교육이 들어갈 겁니다. 훈련생도 마찬가지입니다. 만약 남은 인원 중에 다른 길드나 클랜으로 들어가는 경우에도 각 길드에서 교육이 따로 들어가게 되겠지요. 사실 그때부터가 시작이라고 생각하시면 될 것 같습니다. 길드 내에서도 따로 연수기간을 두고 신입들을 입맛에 맞게 성장시키니 말입니다."

"아아아아아."

"파란 같은 경우에는 비교적 자유로운 편입니다만 타 길드 같은 경우에는 조금 까다롭습니다."

"그렇군요. 좋은 이야기 감사합니다."

"아닙니다. 도움을 드릴 수 있어 무척 기쁩니다."

슬쩍 녀석의 어깨를 툭툭 두드렸다. 조금 건방져 보이는 행동일 수도 있겠지만 녀석의 입가가 자연스럽게 벌어졌다.

"오늘 해주신 이야기는 추후에 보답해 드리도록 하겠습니다."

"그, 그러실 필요는……."

"아뇨. 정말로 감사합니다."

이런 뒷사정 같은 경우에는 굴러먹을 대로 굴러먹은 서민이 가장 잘 알고 있는 법이다.

대놓고 기뻐하는 표정의 교관에게서 시선을 돌린 채 다시 한번 주변을 살피니 이쪽을 묘한 표정으로 바라보는 이지혜가 눈에 잡혔다.

'데려올까.'

물론 파티원으로 받아들인다는 소리는 아니다.

당분간은 눈뜰 새도 없이 바쁠 것이 분명.

차희라에게 줄 명단도 만들어야 하고 김현성 파티에 필요한 인원도 구해야 한다.

파란 길드에게 교육을 받을 시간도 필요하고 전반적인 행정업무에도 발을 들여야 한다.

그것뿐만이 아니다.

'던전 탐사, 물약 제조.'

김현성이 계획하고 있는 던전 공략이나 신성대륙에 내놓을 상품도 필요하다.

일을 벌여놓은 만큼 몸이 열 개라도 부족할 지경.

최소한 옆에서 업무를 도와줄 팀원이 무조건 필요하다. 나름대로 머리가 잘 돌아가는 그녀라면 기본적인 일을 맡겨도 될 것 같은 느낌이었다.

"흠……."

"필요하신 것이라도 있으십니까?"

"아니. 그렇지는 않습니다."

다시 한번 주위를 둘러보고 있을 때였다. 훈련소 입구로 익숙한 얼굴들이 들어오기 시작한 것.

'이상희.'

그리고 김현성.

꼴 보기 싫은 늙은이 이설호는 보이지 않는다. 근신을 당한 만큼 길드 내에서 늙은 몸을 푹 쉬고 있으리라.

몇몇 행정팀장도 동행 중이라 살짝 인사를 건네니 이쪽으로 살짝 고개를 숙이는 모습이 들어왔다.

계급상으로는 완전히 같다고 할 수 있으니 당연한 반응이리라.

물론 나와 대화를 나누고 있던 교관과 대기하고 있는 길드원들은 허겁지겁 인사를 하는 중이다.

길드원들 하나하나에게 마주 인사를 하던 이상희가 나에게 다가와 입을 여는 모습이 보였다.

"먼저 와 계셨군요."

"예, 이상희 님."

"현성 씨한테도 말씀드렸습니다만 혹시나 필요한 인원이 있다면 영입하는 것을 허가하도록 하겠습니다. 길드 차원에서도 도움을 드릴 수 있는 부분이 있는지 알아본 이후에 최선을 다해 도와드리겠습니다.”

“감사합니다.”

조용히 웃고 있는 이상희가 보였다.

‘열심히 해줄게.’

비정상적인 인간들한테 둘러싸여 기를 빨리는 것과는 다르게 이상희와 함께 있으면 꽤나 안심이 된다.

이제 서른세 살이 된 여자한테 할 수 있는 말이 아니지만 뭔가 우리 내 어머니 같은 느낌.

그만큼 그녀는 편안한 느낌을 준다.

“열심히 해주셔서 무척이나 감사합니다.”

“아뇨. 저야말로 감사드립니다.”

살짝 인사를 마친 뒤에 적당한 곳에 자리를 잡으니 꽤나 긴장한 표정의 교육생들의 얼굴이 들어왔다. 혹여나 자신들 역시 오퍼를 받을 수 있을지에 대해서 생각해 보고 있는 것이 틀림없다.

눈앞에 현 파란 길드의 실권자들이 있으니까.

뭔가 대단한 허례허식 같은 것은 없었다.

국기에 대한 경례 따위는 기대도 하지 않지만 수료식치고는 지나치게 단출한 모습.

파란의 부길드마스터는 조용히 단상에 선 뒤에 입을 열었다.

"지금까지 고생 많으셨습니다. 영문도 모른 채 이곳으로 끌려와 힘든 시간을 보내고 계시는 여러분, 짧은 시간이었지만 잘 견뎌주셨습니다."

"……."

"마음 같아서는 여러분이 대륙에 자리를 잡으실 때까지 더 도와드리고 싶지만 여러 가지 사정상 그렇게 할 수 없다는 것에 대해 애석함을 느낍니다. 여러분은 이제 곧 이곳을 벗어나 베니고어 신성제국으로 향하게 될 것입니다. 오늘 이후로…… 여러분 중 일부는 길드나 클랜으로부터 컨택을 받으실지도 모릅니다. 또 마음이 맞는 이들끼리 모여 클랜을 창설하는 분도 계실지 모르겠습니다."

"……."

"그것도 아니라면 비전투직군으로서 신성제국에 녹아드는 분도 계실 겁니다. 각자가 살아가는 방식은 다르겠지만 제가 여러분에게 드릴 수 있는 말씀은 하나입니다."

묘하게 장내가 조용해졌다.

"살아남으십시오."

나에게도 해당되는 이야기처럼 들렸다.

"저희 파란은 자유 도시 린델의 서쪽 지역에 길드 하우스를 두고 있습니다. 언제나 여러분의 지원을 기다리고 있겠습니다."

잠깐 고개를 숙인 이후에는 곧바로 발걸음을 옮기는 모습은 당황스러울 정도다.

'한 명도⋯⋯.'

파란 길드에서는 저곳에 있는 인원들 중 단 한 명도 영입할 생각이 없다.

아마 다른 길드도 비슷한 상황일 터.

이번 생존자들은 길드의 자금과 인력을 들여 성장시킬 가치가 없다고 판단한 것이다.

'너무 잔인한데.'

이곳 역시 어딘가와 마찬가지로 철저한 이해관계로 얽혀 있는 곳이었다.

11장
자유 도시 린델

딱히 저들을 구해줘야겠다는 생각 따위는 하지 않는다.

제대로 된 전투인원을 육성하는 데 필요한 자금이나 시간 등을 생각해 보면 소수 정예를 지양하고 있는 파란에서 저들을 마음에 들어 하지 않는 것은 당연하다.

만약 파란이 우리 파티를 영입하지 않았더라면 저들에게도 기회가 있었을지도 모르지만 이미 파란은 김현성 파티를 들여오는 데 무척이나 큰 값을 치렀다.

이제야 다른 튜토리얼 던전이 열리고 있는 만큼 저들은 상대적으로 가능성이 낮다.

굳이 이들에게 투자하는 것은 멍청한 짓이라는 걸 잘 알고 있는 것이다.

'무능하지는 않다니까…….'

"그럼."

곧바로 고개를 숙인 이후에 등을 돌리는 수뇌부들을 보자 남아 있는 인원들은 조금 어안이 벙벙한 표정.

"혀, 현성 씨!"

결국에는 누군가가 큰 소리로 입을 열었다.

"……."

"저, 저희는……. 저희도 함께 데려가…… 주세요."

조금은 황당한 발언.

누군지는 당연히 알고 있다. 쉼터에 함께 있었던 이들 중에 하나. 이름도 제대로 기억나지 않는다. 김현성이 던져주는 식량을 덥석 받아먹던 사람 중 하나였고 정하얀을 욕하던 이들 중 하나였다.

사냥을 나가자는 소리에 조용히 고개를 돌리는 것은 물론, 이제는 뒈져 버린 정진호가 처음 쉼터로 왔을 때 가장 가까이 달라붙어 있었던 녀석이었다.

낯짝이 두꺼워도 이렇게 두꺼울 수도 없다.

튜토리얼에서 안전하게 쉴 수 있는 쉼터를 마련해 준 것으로도 모자라 아까운 식량을 가져다 바치기까지 했다.

모든 교육이 마무리된 이후에도 자신의 인생을 책임져 달라고 말하고 있는 것이다.

교관들도 당황한 표정이다.

어떤 의미로는 정말로 대단하다.

철저한 약자의 입장에서 저런 말을 꺼내는 것 자체는 존경할 만하다.

나였어도 저 자리에서 저런 발언을 할 수는 없으리라.

굳이 입을 열지 않았다. 나를 향한 말도 아니었고 선택권은 오롯이 김현성에게 있었으니까.

'그 정도로 호구는 아니겠지.'

아무리 녀석이 호구라고 해도 그 정도는 아닐 것이다.

아니, 조금 걱정이 되기는 된다.

애초에 튜토리얼 던전에서 생존자들을 모아놓은 이후에 그들을 위한 쉼터를 마련한 것도 평범한 인간이 할 수 있는 발상은 아니었으니까.

"끝까지…… 책임져 주셔야죠."

'무슨 개소리야?'

아마 본인도 자기가 무슨 소리를 하는지 모르고 있을 것이다.

절박함은 사람을 강하게 만들지만 때로는 멍청하게 만든다.

이상희는 조용히 김현성을 바라보았다. 혹시라도 튜토리얼 던전에서 맺은 인연인지 아닌지에 대해서 물어보고 있는 것이다.

"저, 저희도 함께……."

덕분에 용기를 얻은 미친놈들이 조금씩 등장하기 시작한 상황은 실소가 나올 정도다.

그 어떤 것도 선택하지 않았던 패배자들이 지옥에서 자신을 구해달라고 애쓰고 있는 것을 보니 정말로 당황스러워졌다.

"이대로 버리지는 않으실 거죠?"

"현성 씨!"

"현성 씨, 함께 데려가……."

김현성은 천천히 그들을 향해 발걸음을 옮겼다.

조금 불안하기는 했지만 입술을 깨무는 녀석을 보니 기분이 썩 좋지만은 아닌 모양이다.

당연한 반응.

저런 상황이라면 스님이라도 화가 났을 것이다.

아니나 다를까, 김현성이 고개를 살짝 숙이며 입을 열었다.

"죄송합니다."

"네?"

"여러분과의 인연은 여기까지인 것 같습니다."

"흡."

순간적이지만 웃음이 뛰어나올 뻔했다. 내 생각보다 조금 더 통쾌했기 때문이다.

"저와 함께 다니는 것보다는 새로운 환경에서의 각자의 삶을 살아가시는 게 좋을 겁니다. 짧은 시간이었지만 즐거웠습니다."

"그…… 그런 게……."

"아마 도시는 안전할 겁니다."

"그런 무책임한 소리가 어디 있…… 어요."

뭐가 무책임하다는 건지 알 수 없다. 나서는 게 조금 건방져 보일 수도 있지만 한발 앞서 입을 열 수밖에 없었다.

"저희가 당신을 책임져야 할 의무는 그 어디에도 없습니다."

"어?"

"도시 안은 안전할 겁니다. 비록 편한 생활과는 거리가 있을지도 모르겠지만 적어도 목숨을 위협받는 일은 없을 겁니다."

"그렇지만……."

"다시 한번 말하지만 저나 현성 씨가 당신을 돌봐줘야 할 의무는 없습니다. 당신과 우리는 타인입니다."

"……."

이렇게까지 친절히 설명해 주는데도 이해하지 못하는 표정이다. 뭔가 억울하다는 얼굴. 왜 당신들은 저곳에 있고 자신은 이곳에 있는 것인지, 불공평하다고 생각하는 것 같다.

'바보들.'

아무것도 희생하지 않으면 아무것도 얻을 수 없는 법이다.

아마 저 녀석은 평생을 살아도 깨닫지 못할 것이다.

이쪽의 바짓가랑이라도 잡을 것 같은 기세로 달라붙어 왔기 때문에 나는 살짝 입꼬리를 올리며 품에 있는 금화 주머니를 내밀었다.

"마지막이라고 하기에는 뭐하지만 선물입니다. 아마 조금은 도움이 될 겁니다."

허겁지겁 내가 건네준 주머니를 받아드는 녀석의 표정은 가관.

뭔가 배신당한 것 같은 얼굴을 하면서도 조금 묵직한 주머니 안에 든 것이 소중한 건 아는지 품에 집어넣는다.

정말로 얼마 되지 않는 액수다.

그럼에도 불구하고 순식간에 놈에게 주변 사람들의 시선이 쏟아진다.

"가, 감사합니다."

"살아남게 되길 빌겠습니다. 연이 닿으면 다시……."

"네……."

희생 없이 얻을 수 있는 게 없다는 걸 아직도 깨닫지 못하는 모양.

도시 안에 들어가서도 놈이 금화나 자신의 몸을 지킬 수 있을지는 모르겠지만 솔직히 나와는 상관없는 이야기다.

거머리를 떼어놓는 심정으로 몇 푼 던져준 것에 불과하니까.

어째서 내가 대놓고 주머니를 던져주었는지 깨달은 이지혜도 마치 저들을 한심하게 보고 있다.

이지혜가 이쪽에 굳이 달라붙지 않다는 게 조금 의아하기는 했지만 조용히 상황을 지켜보고 있는 걸 보면 뭔가 생각이 있기는 있는 모양이다.

'이지혜……'

어쩌면 다른 길드의 컨택을 받았을 가능성도 있다. 나와 비슷한 성향을 가지고 있는 만큼 혓바닥을 놀리면서 자기 덩치를 키웠을 수도 있다.

'아까운데.'

내가 가지자니 부담스럽고 버리자니 조금은 아깝다.

무엇보다 주목할 만한 것은 그녀의 태도.

자신은 별로 아쉬울 것 없다고 자신하는 저 태도가 왠지 모르게 구미를 당기게 만든다.

'나는 굳이 당신과 함께하지 않아도 돼.'

그런 느낌이다.

이미 마음의 눈으로 그녀가 아무 것도 가진 게 없음을 안다. 그렇지만 웬만한 어중이떠중이보다는 그녀가 나을 것이라는 생각이 들었다.

나는 이지혜를 바라보며 천천히 입을 열었다.

"다시 뵙도록 하죠."

"……네."

내 말이 기쁘게 들리는 모양.

나와 눈을 마주치고 있는 이지혜는 살짝 고개를 끄덕였다.

파란에 지원할 것인지에 대해서는 알 수 없지만 언젠가는 만나게 되리라.

곧바로 뒤를 도니 이상희와 김현성은 고개를 끄덕였다.

발걸음을 옮기기도 전에 목소리가 들려왔다.

"기영 씨는 정말 따뜻하시네요. 물론 길드에서 나가는 기초 생활 지원금도 나쁘지 않은 것처럼 보이지만……."

"이 정도는 별거 아닙니다. 그래도 튜토리얼 던전에서는 동고동락하던 사이니까요. 그럼 지금부터 바로 린델로 향하는 겁니까?"

"예. 정리는 이미 대충 끝내놨습니다. 사실 조금 더 여유를 두고 싶기는 하지만 여러모로 준비할 게 많으니까요."

"아. 교육생은……."

"저희와 함께 곧바로 자유 도시로 향하게 될 겁니다. 일단 가도록 하죠."

"네."

교관들을 비롯한 파란 길드의 평길드원들이 분주하게 움직인다.

튜토리얼 던전 앞에서의 생활은 이걸로 끝이라는 느낌.

정이 들지는 않았지만 전혀 새로운 도시에서의 생활은 당연히 기대가 되리라.

차희라가 준 선물이 산더미처럼 쌓여 내 짐이 무척이나 많았기 때문에 길드원 몇몇이 달라붙어 있다.

"오빠."

"형님!"

물론 박덕구와 정하얀도 떠날 준비를 하는 것은 마찬가지.

조금 수척해 보이는 정하얀은 이쪽의 옆으로 다가왔고 박덕구 역시 괜스레 아쉽다는 듯이 입을 열었다.

"이렇게 빨리 출발할지는 몰랐는데 뭐, 급한 일이 있는 모양이오. 아쉽게 됐는데……."

"뭐가……."

"이거 말이오!"

밧줄에 묶여 있는 작은 나룻배 한 척.

아직 완성되지는 않은 것 같았지만 호수에서 만들고 있던 걸 굳이 여기까지 가져올 거라고는 상상도 못 했다.

의외로 손재주가 있는지 꽤나 질이 좋아 보이는 것은 덤.

'왜 이렇게 잘 만들었어.'

"조금 더 있었으면 근처에 있는 쉼터에서 뱃놀이라도 할까 했는데…… 만든 게 아까워서 일단은 가져가기로 했소."

"짐이 많을 텐데……."

"여기에 실으면 되니까 별문제는 없소. 체력 단련도 될 것 같고. 형님이 걷다가 힘들면 누님이랑 같이 타면 제가 끌어줄 수도 있는 거 아니요?"

"그렇게 먼 거리는 아니야. 굳이 그렇게까지 할 필요는 없어."

왠지는 모르겠지만 지금 타고 싶지 않다.

"거, 자유 도시 근처에는 호수도 없다고 들었는데. 끄응."

"나중에 꼭 함께 타요……. 오빠."

"그렇게 하자."

정하얀의 머리를 살짝 쓰다듬으니 기분 좋다는 듯이 웃는 게 눈에 띄었다.

생각보다 상태가 좋아 보여 조금은 안심할 수 있었다.

확실하지는 않지만 박덕구와 함께 나에 대해서 여러 가지 이야기를 나눈 모양이다.

은근히 녀석이 정하얀의 멘탈을 잡아주는 데 큰 역할을 하고 있다는 걸 대충 눈치챌 수 있었다.

"이제 출발하는 것 같습니다."

"네, 현성 씨."

작지도 크지도 않은 파란 길드가 천천히 움직이기 시작했다. 꽤나 오래 걸어야 한다는 사실이 짜증 나기는 했지만 즐겁기도 하다.

오랜만에 김현성과 박덕구, 정하얀과 조용한 시간을 보낼 수 있었기 때문이다.

"그래서요. 새로운 마법을 오늘 써봤는데요……."

"응. 응."

"내가 직접 봤는데 정말로 대단한 것 같았는데. 거, 누님이 주문을 외우니 호수가 갑자기 갈라지는 거 아니겠소? 옛날에 동네 아지매가 했던 이야기 중에 마새인가 앵무새인가 하는 양반이 바다를 갈랐다고 하는데 정말로 그걸 실제로 보는 것 같더라오."

"아마 모세일 겁니다."

"아아아! 모새, 그 양반이었던 것 같소. 형씨는 참 똑똑하구만. 아무튼 그래서 말이오."

꽤나 말이 많아진 박덕구와 기분 좋은 듯 웃는 김현성.

정하얀은 내 손을 꽉 잡은 채로 걷고 있다.

정말로 잠을 자지 못했는지 꾸벅꾸벅 졸고 있는 것 같기는 했지만 그래도 손을 꽉 쥐고 발걸음을 옮기는 모습이 보였다.

가는 길 중간 중간, 파란의 중역들이 여러 가지를 설명하는 시간을 가졌고 마지막일지도 모르는 휴식시간을 충분히 즐겼다.

한참 걷다 보니 눈에 띄는 것은 높게 솟은 시계탑.

슬쩍 옆을 바라보니 김현성의 표정이 시야에 들어왔다.

나에게도 시작이지만 녀석에게도 시작이다.

뭔가 복잡한 표정이 감돌고 있다.

무슨 생각을 하는지 알 수가 없다.

그렇지만 여러모로 생각하는 것이 많을 것이 당연하다.

과거에 있었던 일, 앞으로 벌어질 일, 파란과 우리 파티에 대한 일까지.

차분히 자신의 생각을 정리하고 있는 것이 보인다.

정하얀은 마치 신혼집을 바라보는 듯한 표정이었다.

앞으로 두 사람이 살아갈 터전이라고 생각하는지 한껏 입꼬리를 올리고 있었다.

"저기가."

신성제국 내 지구인들이 뿌리를 내리며 살아가는 장소.

"린델……."

자유 도시 린델이다.

"세상아, 박덕구가 왔다!"

"푸핫!"

to be continued